한미 FTA 한류분야 비준에 통과된 세계 유일한 분단국 민주주의 평화통일교육을 위한 지침자료

민주화의 치유

democrati Zation's

김영임 지음

신세림출판사

민주화의 치유

김영임 소설집

머릿말

긴 시간 인생의 여정에서 체험했던 민주화 과정이 이루어 질 때까지 투쟁한 여러 가지 일들이 주마등처럼 흘러 지나간다. 역정의 세월동안 잊을 수 없었던 것은 민주화의 시작을 알렸던 5.18때 희생된 친구들, 선배 후배들을 대변해서 글쓰기에 성공을 해야 한다는 사명감이었다.

상처투성이 영혼을 부여 안고 한 민족 공동운명체 이 길은 어느 누구도 막을 수 없는 대장정 아주 먼 길을 가야만 하는 것이다.

물 위에 우아한 모습으로 떠 있는 백조의 기품은 그냥 얻어지는 것이 아니다. 물 밑에서 두발로 얼마나 많이 허우적거리며 한 폭의 그림 같은 정경을 만들어 내는가.

민주화 운동을 하면서 독재와 싸우다가 받은 인권을 유린당한 장면들, 얼마나 많은 아픔을 딛고 그 위에 지성인이라고 우아한 문인의 칭호가 주어졌다는 말인가.

여기에서 데모를 하다 감옥에 들어갈 수밖에 없는 사람들의 변호를 맡아 많은 도움을 주셨던 인품이 좋은 인권변호사님 문재인씨를 많이 좋아하고 존경한다. 이 분은 따뜻하고 온화한 성품을 지니신 정치를 잘하실 유일한 분으로 확신한다.

10년전 고 노무현대통령께서 5.18문학을 한미 FTA 한류분야 비준에 넣어주셔서 통과가 되었지만 약속이 지켜지지 않는 부분을 문재인씨께서 협상해서 FTA 이행완료 하시고 이 판권으로 지갑을 두툼하게 만들어 먹고사는 문제를 해결해 주실 것이다.

베스트셀러가 된 5.18문학이 언론에 나오지 않으니까 그 후에도 책을 냈으나 팔리지 않아 한동안 뜸했었다.

이명박 정부 박근혜 정부 때에는 엄두도 못 냈는데 이번 국회의원 총선이 끝난 뒤 레임덕 현상이 생겨 용기를 내서 또 책을 내기로 결심하였다.

그 동안 출판의 자유는 있었으나 언론의 자유가 없어 높은 사람들의 눈치를 보느라고 그런 사정의 연유로 9년 만에 세 권의 소설책을 출판해서 독자분들 곁으로 다가가니 많이 읽었으면 하는 바람이다.

박근혜대통령의 2015년 미국유엔방문 후 갑자기 역사책을 바꾼다는 말에 전국이 시끄럽고 혼란스런 분위기다.

경제 살리기 민생은 뒷전이고 근대화와 독재정권을 미화시키는 역사교과서를 야당과 국민들의 반대에도 추진하고 있다.

근대화는 일본이 식민지배에서 많은 이익을 보고 국교가 다시 성립될 때 약간의 돈을 주어 종자돈으로 해서 우리 국민들의 노력과 능력으로 근대화가 된 것이고 또 우리나라가 잘 살게 된 것도 우리 국민들이 가난은 물려 줄 수 없다는 각오와 피나는 노력의 결과라고 생각한다.

과거 슬픈 날이 있었으면 그 뒤에는 기쁜 날이 온다는 것이 인지상정이 아니겠는가 하고 생각하면서 이만 마감한다.

2017년 꽃향기가 은은하게 피어나는 봄날을 꿈꾸며

글쓴이 **김영임**

▎차 례 ▎

민주화의 치유

1. 아픔

호수에 한줄기 바람이 파문을 일으키며 물결의 무늬를 그려나
간다.

나의 마음속에는 세찬 바람이 불어 복잡한 심정이 파문처럼 번
져 흐른다.

아직 추위는 물러가지 않았다. 봄이 가까이 온다는 소식이 있
었지만 꽁꽁 얼어붙었던 나무들과 땅은 여전히 잠을 자고 있었
다. 그러나 나무가지는 바람에 흔들린다.

몇일이 지난 뒤 날씨가 풀려 나는 다시 대학 교정에 호수처럼
느껴지는 커다란 연못가 한쪽자리에 놓여 있는 벤치에 앉아 있
다. 곱게 내리비치는 햇살을 받으며 생각에 잠겨 있었다. 남쪽에
서 부는 바람에 봄 내음새가 실려서 날아오는 듯한 기분이 든다.
새학기를 앞두고 학생들의 발걸음이 바빠진다. 나는 내가 다녔던
모교의 대학 교수님의 추천으로 사립고등학교 영어선생님으로 2
년 동안 근무를 하였다. 학교 다닐때 글쓰기를 잘 하였으나 영문
과를 나와 세계 한류 작가로 성공하기 위해 국문학과 영문학을

함께 공부를 하였다. 그런데 신경성병으로 불리우는 불면증으로 인해 교직에 더 이상 근무를 하지 못하고 사표를 내고 마음 정리를 하면서 하고싶은 일을 하기 위해 계획을 세우고 있었다.

잠시 교수님을 만나 뵙고 나와 교정을 돌아다녔다. 맑은 하늘을 바라보면서 맑은 공기를 마음껏 들이마셨다. 자유롭게 날아다니는 새들이 나의 마음을 알아차리고 즐겁게 노래를 부르며 화답하고 있었다.

봄이 오는 교정에 서서 꿈과 희망을 날려 보냈다. 너무나 젊은 나이이기에 하고 싶은 일을 마음껏 할 수 있는 자유가 좋아서 시를 읊으며 거닐었다.

새떡잎을 틔우기 위해 땅속에서부터 나뭇가지로 물이 오른다. 바람이 귓가에 다가와 속삭인다. '너는 무엇이든지 잘 할 수 있어. 하고 싶은 일을 시작해봐' 힘과 용기를 불어 넣어주어 생각을 거듭하고 결정을 하게 되었다.

나는 한국전쟁 이후 1953년부터 1963년까지 아이들을 많이 낳은 베이비붐세대의 마지막해에 태어났다.

전후세대로 태어나서 1950년 6.25가 얼마나 동족을 죽이는 큰 비극이었는가 알 수는 없었지만 1980년 5.18을 통해서 조금은 알 수 있었고 내가 가야 할 방향과 내가 해야 할 일은 무엇인가를 스스로 깨달아 맡아서 해야 한다는 생각으로 마음을 굳게 세우고 글쓰기를 시작하기로 했다.

지금은 언론 출판의 자유가 없는 시대이지만 언제인가는 자유롭게 문학을 할 수 있는 때가 올것이다는 확신으로 그 시대를 위해 '준비를 하자' 나 자신이 다짐을 하고 실행에 옮겨 나갔다.

우리나라는 경제개발 5개년 계획을 세워 3차까지 성공적으로 산업화가 진행되면서 '한강의 기적'이라는 눈부신 경제발전을 이룩했다. 그러나 이로 인해 잘사는 사람은 너무나 잘 살게 되었고 못사는 사람은 너무나 못사는 빈부의 격차가 큰 부익부 빈익빈 현상이 나타나 사회의 독처럼 존재하고 있었다.

작년 1988년 10월 하계 서울올림픽이 성공적으로 개최되어 세계 사람들은 한국 전쟁때 원조만 받던 못사는 나라가 아니라, 개발도상국에서 신흥국으로 발돋움을 해가는 대한민국으로 알게 되었다. 세계로 뻗어가는 우리의 국력이 신장되어 간다는 것을 피부로 느꼈다. 이때부터 생긴 것이 세계 사람들이 좋아하는 한류문화다.

잔잔하게 부는 나뭇가지에 작년 가을에 마지막 잎새가 떨어지지 않고 말라서 붙어 있는 가을의 여운이 남아 있다.

새 잎이 나오면 떨어지고 다시 초록의 인생이 시작된다. 나무는 춥고 혹독한 겨울을 이겨내면 나이테가 동그랗게 그려지고 크게 성장을 한다.

나는 나무를 보면 현실의 고통과 창작으로 승화된 작품을 써나가는 강인함과 의지와 인내할 수 있는 정신력을 본받고 배운다. 뿌리가 깊은 나무는 어떠한 어려움에도 이겨 내고 푸르름을 간직한다. 어떤 어려움이 나에게 오더라도 나무처럼 우뚝서서 세상을 향해 일할 수 있는 필요한 사람이 될 수 있게 마음을 다시 새긴다.

나는 대학 후문역에서 집으로 바로 가는 버스를 탔다. 언제 다시 올 수 있는 기회가 있을지 없을지 마음속으로 생각하면서 나와 사귀는 오빠가 떠올랐다. 성당에 다니면서 대학 4학년때부터 3년째 전화는 매일 통화하고 한달에 한두 번씩 내려와 데이트를 즐기는 사람이다. 공대를 나와 서울에 중소기업 대기업 협력업체인 동원인컴에 취직하면서 결혼을 전제로 사귀는 중이다.

집 앞이 가까워지자 냉이 향기가 그윽한 된장국 냄새가 흘러나왔다. 현관문을 열고 들어가니 엄마가 저녁을 준비하고 있었다.

"말씀 드렸니, 영인아?" 거실로 나오면서 말씀하셨다.

"예 교수님 만나 뵙고 나의 사정을 잘 말씀 드렸어요. 별다른 말씀은 안하시고 하고 싶은 거나 꿈꾸고 있는 것을 젊은 나이니까 해보라고 용기를 주셨어요."

"그래, 아버지는 오늘 회식하고 오신다고 했다. 저녁먹게 애들 나오라고 해라." 다시 주방으로 들어 가셨다.

식탁 위에 차려 놓은 음식을 가운데로 하고 주위에 현호하고 미경이, 엄마와 내가 둘러 앉았다.

"너희들 수강 신청은 했니?"

"등록금은 냈고 수강신청은 개학하는 날 해, 누나!"

"그래 언니, 나는 2학년 올라가는데 오빠는 3학년 복학하겠네."

"군호는 군대 생활 잘하겠지. 엄마 걱정하지 말아요. 다 적응해서 잘하니까. 남자라면 다 가는건데."

"그렇게 생각해야지. 지금은 너가 제대하니까 감정이 무뎌졌다."

반찬은 냉이국에 미나리 초무침, 멸치 등등 건강에 좋은 웰빙 식단으로 소박한 음식을 먹는다. 후식을 먹으면서 텔레비젼을 본다.

우리 인간은 만물의 영장이라지만 하느님 앞에서는 역시 작은 존재이고 나약하다. 그런데 잘 되면 자기 탓 못되면 하느님 탓 때로는 하느님이 없다고 선언하기도 한다. 내가 존재하고 지금 내 심장이 뛰고 있는 것이 모두 하느님의 섭리인데도 말이다.

인간 세상에는 명예와 권력과 금력에 의지하여 쉽게 일하려는 유혹이 많이 있다. 그런 세상의 요령과 타협하지 않고 양심에 따라 하느님을 따르는 정도를 택하는 사람도 종종 있다. 하느님의 뜻은 사랑이시다. 명예와 권력과 돈에 의지하여 일하면 쉽지만 사람이 다친다.

사랑으로 일하면 일은 어려울지 모르지만 사람이 평화롭고 따뜻한 세상으로 행복해진다.

실제로 우리 삶에서 마주치는 유혹들은 유혹같이 보이지 않고 그렇게 집요할 수가 없으며 파도처럼 계속 밀려오는 우리가 알 수 없는 것들이다.

그러므로 육체의 눈도 뜨고 마음의 눈도 뜨고 겸손으로 무장하여야 한다. 유혹의 천적은 겸손이기 때문이다.

감동은 마음으로 느끼는 훈훈한 난로와 같다. 문화의 흐름은 우연한 현상이 아닌 듯 하다. 지금 우리의 목마름을 대변하는 현실이니까 그렇다고 생각한다.

근근이 살아가는 소시민이 재물이나 명성을 얻을 단 한번의 기회를 버리고 양심을 지키기위해 차라리 예술하는 고통의 길을 선택하는 위대한 투쟁을 보면서 대중은 위로를 받고 박수를 친다. 이러한 방식으로라도 불의에 무뎌지고 오염된 각자의 마음을 씻어보려는 애처로운 갈망이 선한 눈빛에서 묻어난다. 개인적인 안락함을 포기하고 불쌍한 이와 함께하는 자비를 택한 사람들의 고된 삶은 위기의 순간만다 인격이 테스트받는 순간이다.

모든 이가 존엄하다는 사실을 모르는 사람은 없다. 그러나 세상은 많은 이유를 들어 누군가를 차별하고 이 행위를 합리화한다.

그 억울한 자리가 나의 몫이라면 어떤 선택을 하게될까.

곰곰이 생각하면서 책상에서 일어나 이불을 깔고 잠을 청한다. 새날이 밝아와 새들의 합창하는 하모니가 잠을 깨운다.

창문을 열고 봄냄새가 가득한 공기를 마음껏 들이 마신다. 잘 가꾸어 놓은 자그마한 정원에는 개나리꽃을 피우더니 그 옆에 우아한 목련꽃이 활짝 얼굴을 내밀고 서 있다. 조금 있으면 진달래와 철쭉꽃이 꽃망울을 맺을 준비를 하고 단감나무와 석류 나무에는 녹색 이파리가 자라고 봄의 신비감에 사로 잡혀 시간 가는 줄 모르게 감상하고 있었다.

예수님을 생각하고 함께 살면서 기쁜 체험의 아름다운 소리만 들을 수 있다면 얼마나 좋을까하고 또 하느님을 따라 사는 사람들에게 좋은 일만 가득하길 바라는 축복을 주시라는 기도를 매일 하고 싶다. 그렇지만 우리가 겪는 것처럼 하느님의 자녀들에게도 시련이 닥치고 힘겨운 상황들이 비켜가지 않고 마주오곤 한다. 이렇게 힘들 때 나는 오빠를 생각한다. 누군가와 함께 한다는 것은 좋은 시간, 나쁜 시간 즐거울 때나 괴로울 때 항상 곁에서 나눈다는 뜻이다.

점심을 먹은 후 음악을 들으면서 오빠에게 전화오기를 기다리는데 이심전심으로 통했던지 전화벨이 울린다.

"여보세요."

"영인아, 나다. 쉬는 시간이 되어서 해본거야."

"오빠에게 말했듯이 이번 학기부터 강의하지 않아. 사표를 냈어. 다른 일 해볼려고, 출근하지 않고도 집에서 하는 일 오빠 찬성이지."

"우리 결혼하면 사표쓸텐데 조금 일찍 내고 싶어서 그런 것은 너의 자유야. 이번주 토요일에 너 보러갈게."

"오빠, 보고싶어. 빨리 와서 얼굴보고 자세히 말해줄게. 내가 꿈꾸고 하고 싶은 일 말이야."

"그래, 우리 둘이 잘 살아 갈 것만 생각하자."

"응, 바쁠텐데 들어가."

"사랑해."

"나도 사랑해."

자고 싶을 때 자고 깨어나고 싶을 때 깨고 먹고싶을 때 먹고 먹기 싫을 때 먹지 않고 외출하고 싶을 때 나가고 등등 내가 하고 싶은 자유를 지금 만끽하고 있어서 만족하고 춥지도 않고 덥지도 않은 이 계절이 행복으로 다가온다.

'마음이 많이 아프냐' 정말 요즘 많은 사람들이 아파한다. 또 '안녕들 하십니까?'란 질문에 '난 안녕하지 못하다'고 아우성들이다. 우리 사회의 이런 아픔과 갈증의 현상에 때마침 치유 열풍이 불면서 모 교수님은 '청춘은 당연히 아픈 것'이라 하고 어떤 사람은 '잠시 멈추고 자신을 들여다 보라'는 위로의 말들이 많이 나왔는데도 우리에게 해결되지 않는 갈증과 아픔이 여전히 남아 있다.

몇일이 지난 후 주말이 되었다. 오빠가 오기로 한 토요일 나는 고속터미널에 마중나갔다. 한참 기다리자 점심때가 되어서야 고속버스에서 내려 나를 찾고 있었다. 달려가서 서로 부둥켜 안고 볼에 뽀뽀하고 인사를 했다.

"잘 있었니, 더 예뻐졌다. 보고 싶었다."

"오빠, 나도 많이 보고 싶었어. 오빠만 생각했어."

"시내로 나가 밥부터 먹자. 배고프지?"

택시를 타고 시내로 들어가는 입구에서 내렸다.

손을 잡고 거닐다가 경양식집 문을 열고 들어가 앉았다. 돈까스 정식을 시키고 그동안 있었던 이야기를 둘이서 정답게 시간가는줄 모르고 나누었다.

먼저 스프를 먹고 돈까스를 포크와 나이프로 잘라서 소스를 찍어먹었다.

"오빠, 젊어서 고생은 사서라도 한다는데 지금부터 작가가 되어볼까 생각해. 친구가 신문기자인데 취재 다니기 바쁘다고 글쓰기를 도와 주었으면 해. 그래서 서울에 살면서 도와 줄 수 있다고 대답은 했지."

"그랬니. 너 하고 싶은 것 하고 행복하게 살자구. 나는 대 찬성이야."

밥을 먹은 후 커피가 나와 마시고 나왔다.

몇시간 돌아 다니면서 백화점에 들러 엄마 핸드백과 아버지 넥타이를 선물로 샀다.

기분 좋은 시간을 보내고 버스를 타고 월산동에서 내려 걷다가 집으로 들어갔다. 거실에 상을 차리고 여러 가지 맛있는 음식을 접시에 담아 차례로 갖다 놓으신 어머니가 반가히 사위감을 맞이하셨다.

"어머니, 잘 계셨어요."

"잘 있었네. 자네도 회사에 잘 다니구? 수고가 많네."

방에서 나온 아버지, 현호, 미경이와도 인사를 나누었다.

"아버님, 몸 건강하시지요. 그동안 하시는 일은 잘 되시는지요."

상에 둘러앉아 있었던 이야기를 하면서 음식을 먹기 전에 선물을 샀다고 먼저 드렸다.

"엄마, 오빠가 가방하고 아버지 넥타이를 샀어요. 풀어보세요."

"그냥 와도 되는데 고맙네. 어쨌거나 샀으니 받겠네."

선물을 한쪽에 놓고 음식을 먹기 시작했다.

홍어삼합무침, 조기, 잡채 등등 엄마의 정성으로 차린 음식을 배도 고프거니와 맛있게 먹었다.

꽃향기가 그윽한 밤, 오빠와 동생들과 농촌진흥원 사무실 앞마당에 벚꽃이 활짝 피어 꽃구경 가자고 하였다.

집에서 가까운 거리에 있는 그 곳 앞마당에 걸어서 도착했다. 마침 대학생들이 마련한 봄의 한가운데서 음악회가 열리기 위해 준비가 마무리되어 가는 중이었다.

사람들이 많이 모여 있는 풀밭에 앉아 있는 사람 주위에 서 있는 사람 대부분 젊은이들이였다. 한쪽에는 솜사탕, 뻔데기, 음료수를 파는 곳이 있어 우리들은 솜사탕을 하나씩 사서 달콤한 맛을 즐기고 있었다.

연분홍 꽃잎이 불빛에 반사되어 떨어지는 광경을 바라보면서 봄노래가 울려퍼지는 웅장함, 부드러운 선율이 마음을 사로잡았다. 진한 감동으로 잠을 청하고 다음날, 일어나서 이른 점심을 먹고 식구들에게 인사를 한뒤 서울로 올라가기 위해 집을 나섰다.

나는 고속터미널까지 따라가서 고속버스를 타고 떠나는 모습을 손을 흔들며 보내고 점심시간이 한참 지나서 집으로 돌아왔다.

꽃피는 4월이 지나가자 상처로 얼룩진 광주 잊을 수 없는 고등학교 2학년 때 아픔을 겪고 성숙한 마음으로 내가 가야 할 길을 갈수 있도록 결심을 하게 된 계기가 되었다.

총과 칼로 사람들을 희생시킨 5.18 그때부터 나는 하느님에 대한 신앙심이 깊어지고 강해졌다. 5.18민주주의를 생각하면서.

어느날 우물가에서 예수님이 던진 '목 마르냐'라는 그 질문 앞에서 우리는 가장 중요한 것을 빠뜨리고 있는건 아닌지 되돌아본다. 이런 신앙의 우물이 우리들의 영혼에 진정한 위로와 기쁨이 되고 있는지 이런 전통의 힘을 바탕으로 당연히 우리가 해야 할 일들 믿는 자로서 자신있게 행동으로 옮기고 있는지 말이다. 자랑만 해왔지, 그것이 나의 목마름을 시원하게 해결해 주지 못하고 있다면 전해져 내려오는 이 오래된 신앙의 우물이 나에게 어떤 의문인지 자문해본다. 이젠 그 물을 직접 길어 올려 목말라 하는 세상을 적셔야 하지 않을까 생각해 보기도 한다. 우리는 우물가에서 물 긷는 자들이다. 아마 세상이 목이 타서 이렇게 방황하는 것은 우리의 무관심과 게으름 때문에 물 긷는 수고를 하지 않고 있기 때문은 아닐까 반성도 해본다.

우리가 육체적인 죽음보다 더 두려워해야 할 것은 영혼의 죽음

정신적인 죽음이다.

내가 매일 범하고 있는 죄악들, 나의 온갖 악습과 사악한 욕심들, 목을 조르듯 나를 옭아매고 있는 갖가지 굴레들, 제 힘으로는 도저히 극복되지 않는 내 안의 더러운 찌꺼기들, 이런 것들이 바로 영혼의 죽음이며 정신의 죽음이다.

가난한 이웃의 눈물을 외면한 채 제 뱃속 채우기에 급급한 사람들로 가득찬 이 사회, 이기심과 탐욕이 난무하며 윤리와 도덕이 땅에 묻히고 인정과 사랑이 메말라 버린 사회 또한 죽음의 사회 일 것이다고 생각한다.

때로는 세상이 나를 향해 손가락질하는 것 같이 느낄 때가 있다. 그럴 때면 홀로 내팽겨쳐진 것 같은 쓸쓸함 때문에 우울해져서 움츠려 들었다. 이렇게 숨어서 밖에 나갈 용기를 내지 못하는 나를 향해 어떤 분이 어서 나오라고 불러 주시는 것 같아 가슴이 뭉클해진다.

생각해보면 그 쓸쓸함의 원인은 그냥 던진 한두마디 비난의 말이었을 뿐이었는데 큰 수치심을 느껴 숨어버렸던 것이다. 다른 사람의 비난이 무서워 숨어버린 것은 결국 나의 부족함을 인정하지 못해서였다.

내가 불완전한 존재라는 것을 받아들일 때에 비로소 다른 사람의 불완전함 또한 그로 인한 아픔도 품어 줄 수 있기에 그들이 내게 다가올 수 있는 것이다.

이제는 나도 예수님처럼 움츠리는 사람들에게 어서 오라고 손짓할 용기가 생긴 것 같은 느낌이 든다. 초록빛깔은 더욱 초록으로 짙어가는 푸르름을 우러러 녹음이 우거지는 계절이다.

나는 미사에 빠지지 않고 참석하는 것이 습관이 되었다. 우리는 예수님의 십자가를 바라볼 때 예수님의 용기를 보고 죄에 대한 예수님의 승리에 환호하고 우리에게 남겨주신 새로운 삶에 감사하고 있다.

예수님의 죽음은 내 죄의 죽음이고 내가 다시 살아나는 죽음이라는 것을, 또한 나아가서 예수님 죽음의 원인은 우리 죄 때문이 아니라 예수님의 사랑 때문이라는 것을, 그러므로 예수님의 십자가는 고통과 죽음의 십자가가 아니라 용서와 사랑의 십자가이다. 슬픔과 절망이 아니라 기쁨과 희망을 뜻하는 것이다.

이 세상에는 인간이 알 수 없는 것이 있다는 것을 인정해야 한다. 인간 지혜의 한계에 정면으로 마주치는 것들, 인간의 지혜가 가서 닿을 수 없는 곳, 그곳은 하느님의 영역이다.

기후 현상이든 동물들의 세계든 인간의 고통이든 인간이 깨달아 알 수 없다고 해서 이 세상이 부조리하고 하느님께서 불의하신 것이 아니다.

그것은 오직 인간의 한계일 따름이다. 그 한계 넘어에 심연한 나락이 있다고 여기지 않고 그 어둠속에 하느님께서 계심을 믿는 것 이것이 내가 도달해야 했던 믿음이다.

옛날부터 우리 문화는 말의 절제를 매우 소중한 가치로 여기고 있다. 그래서 해야 할 말과 해야 할 때를 잘 선택해서 표현할줄 아는 신중함을 강조하는 것들이 있다.

말을 아낄줄 아는 지혜에 대한 가르침은 진실과 정의의 문제와 밀접하게 연관되어 있다는 사실이다.

우리 조상들의 훌륭한 깨달음은 하느님의 가르침과 비슷한 점이 있다. 말은 생각을 표현하는 그림이다.

나는 하느님 성경말씀에 푹 빠져 있는데 여름이 어느 사이 가려는지 작열했던 더위를 식혀주는 소나기가 내린 뒤 시원한 바람이 불어온다.

오빠와 같이 휴가를 재미있게 보냈었다. 남쪽에 있는 이름없는 한적한 해수욕장에서 텐트치고 둘만의 시간으로 추억을 새겼었다.

내가 매일 읽는 성경의 핵심은 우리 주 예수 그리스도께서 우리를 위하여 고난을 당하시고 십자가에 못박혀 돌아가시고 묻히셨으나 사흘만에 죽음을 이기고 부활하였다는 것이다. 예수 그리스도께서는 죽음으로 끝날 수밖에 없는 인간에게 영원히 살게하는 참 생명에 이르는 길을 열어 주셨다는 중요한 말씀이다.

우리의 삶이 아무리 거칠고 힘들어도 부활의 믿음안에서 예수님같이 영광스러운 모습으로 부활하고 새로운 하늘과 새땅 가운데서 살아갈 수 있다는 희망을 가지고 살고 있다. 그리고 갈등과 분열이 반복되고 개인주의가 만연한 세상속에서 우리들은 나의 생각과 뜻이 다른 이들을 보듬고 서로 대화하고 이해하도록 노력할 수 있는 사람으로 거듭날 수 있게 해주시라고 평화의 기도를 드렸다.

아침 저녁으로 시원해서 나 자신만의 시간을 창작으로 승화시키는데 고통을 감수할 수 있도록 힘주시라고 두손모으고 경건한 기도를 또한 드렸다.

이젠 가을이 오려는지 고추잠자리가 정원에서 맴을 돌면서 날고 있다. 신기한 장면이다.

2. 가을 햇살

들녘과 과수원에 열매가 영글어 가는데 필요한 남쪽의 햇빛을 온누리에 내려주소서. 긴 해시계 위에 하늘이 세례하듯 물과 바람으로 알맞은 온도를 유지할 수 있도록 자연스럽게 자기의 역할을 다해 나간다.

어디에서 불어오는 바람일까. 가을의 향기가 묻어 날아온다. 그렇지만 아직은 더운 날씨이다. 나뭇가지의 잎새들은 짙은 녹색으로 채색된 빛깔로 영롱한 이슬이 맺혀 가을 햇살에 사라진다.

언젠가 텔레비전을 보다가 괜히 나혼자 깊은 감동을 받은 적이 있다. 고향 소식을 전하는 프로그램에서 여성리포트가 고기잡이 배를 타고 나가서 고기를 잡아 올리는 장면을 찍는데 그날 따라 불행하게도 열 마리 정도밖에 잡지 못하고 빈 배로 돌아오는 장면이었다. TV 촬영이니만큼 고기가 풍성하게 잡히는 그림이 나왔으면 좋았을텐데 한껏 호들갑을 떨었던 탓에 흉작이 된 것 같아 미안해서 어쩔줄 몰라 하는 리포트에게 선원들은 웃으면서 '괜찮습니다. 오늘만 이런 게 아니라 기름값도 못빼는 날이 종종 있는데 그래도 우리는 내일이면 또 바다로 나갈 겁니다. 우리에 겐 내일은 많이 잡힐 것이라는 희망이란 게 있으니까요."라면서 그 리포트를 위로한 것이었다.

어떻게보면 바다에 나가서 고기잡는 일이 농사짓는 일만큼 무모하기도 하고 불확실한 일이기도 하다. 요즘 과학영농이 발달하고 또 고기떼를 찾아내는 기계 기술이 발달했다고 하지만 농사 일이나 고기잡는 일은 어쩔 수 없이 불확실한 미래에 나를 맡기는 일들이다.

그런 면에서 본다면 오히려 우직한 어부들이나 밭에 씨앗을 뿌려 거두어 들이는 농부들은 '희망'이란 것을 가슴에 품고 사는 사람들이고 또 늘 '내 뜻보다는 하늘의 뜻'에 귀기울이는 삶을 사는 사람들이다.

그에 비하면 도시 사람들은 '돌다리도 두드려 봐야 한다.'라는 말을 내세우며 확실하게 보장된 일이 아니면 그 어떤 노력도 돈도 그냥 투자하기를 거부한다.

이런 도시 사람들에 비해 아주 작은 씨앗 한알을 심어서 거기에서 싹이 돋고 백배 천배 열매가 맺을 것을 신뢰하는 농부들의 마음이 천심이라는 생각을 이 가을에 해본다. 산들 산들 바람이 부는데 말이다. 커피 향기가 거실안에 은은하게 퍼져 진동하는데 나는 엄마와 마주 앉아 대화를 한다.

"엄마, 서울에 다녀와야 겠어요. 동민씨가 내년 봄에 결혼하자고 전세 방보러 다니자고 하네요."

"그래, 사귈만큼 사겼고 결혼할 나이도 됐지. 다녀오렴."

"아직은 결혼할 것이다는 실감이 나지 않아요. 담담한 기분이에요. 올해가 광주에서 마지막 보내는 가을이라는 게 영 실감이 안나네요."

"우리 딸이 벌써 자라 결혼한다니 엄마도 내 나이가 그렇게 들어가는 구나 생각하니 좋으면서도 그렇구나."

"엄마 잘 살면서 잘 할께요."

하루 일과가 끝나고 저녁을 먹은 뒤 가족이 오순도순 이야기를 나누다가 잠자리에 들자 나는 거실에서 상을 펴놓고 시집을 읽는다. 너무나 아름다운 밤이다.

열어 놓은 거실 창가에 귀뚜라미가 가을이 왔다고 노래를 한다. 하늘에는 달님이 방긋 웃고 있다. 별님도 반짝반짝 지구를 향하여 빛을 발휘하여서 내 마음속 가까이에 더 있었다. 나는 초가을밤을 감상하고 잠을 청하였다.

꿈나라에서 오빠를 만나 신나게 노는 장면이 나타났다. 그것도 잠시이고 어느 사이 창문이 밝아오는 아침해가 찬란하게 떠올랐다. 간밤에 별빛이 밝더니 화창하게 맑은 날씨가 연출되었다. 아침저녁으로는 시원한 바람이 불지만 낮에는 더위가 남아 있었다.

언제나 깊은 가을로 향해가는 이맘 때면 하늘은 유난히 맑고 파랗고 높은 코발트 색상이다. 대한민국의 가을 하늘은 세계에서 가장 아름답다고 자랑하고 싶다. 몇일이 지난 뒤 쉬는 날이 이어지는 황금연휴가 되었다. 오빠를 만나기위해 아침을 먹고 식구들에게 다녀오겠다는 인사를 한 뒤 고속터미널로 택시를 타고 도착했다.

표를 끊고 시간이 되어 고속버스에 올라서 좌석번호를 보고 자리에 앉았다. 기사 아저씨가 점검을 하고 안전벨트를 메자 곧 출발하기 시작했다.

나는 오빠와 인생을 즐기려고 생각한다. 즐겁게 음식을 먹으며 사랑하는 이와 행복하게 살면서 젊을 때는 젊음을 즐기려고 초대한다. 그것이 덧없는 인생에 주어진 하느님의 선물이기 때문이다. 이 즐거움이 영원한 가치 최고의 가치라고 믿지는 않는다. 그저 그것이 지상에서 인간에게 허락된 몫이라고 알고 있기에 영원하지 않은 그 즐거움이 사라지기 전에 그 즐거움을 누리자고 말하고 싶다.

1980년 대학시절, 세상의 변화를 원했었다. 사람들이 서로 평화롭고 평등하게 살아가는 그런 세상을 꿈꾸었다. 돌이켜 생각해 보면 순수했으나 관념적이었다. 그리고 인간에 대한 이해는 추상적이었다. 자유와 정의와 평화를 추구할 수 있는 인간은 위대하지만 그 위대한 인간의 다른 한편에 탐욕, 욕정, 질투, 이기심, 폭력 등이 자리 잡고 있다는 사실을 온전히 이해하지 못하였다. 유물론적 역사관이 매력적이고 세상은 그렇게 발전해간다고 믿었었다.

차창밖의 풍경을 감상하면서 생각에 **빠져** 예수님이야말로 나에게 인생과 미래에 대한 동지이고 희망이었으며 지금까지의 것들 모두 버리고 따를 만큼 가치가 있는 존재였다.

내가 문학하는데 안내자 역할을 하는 중요한 부분을 차지했다.

드디어 서울 강남고속터미널에 도착하였다.

"영인아, 여기야."

"오빠, 많이 기다렸어?"

"영인아, 점심으로 커피와 햄버거 어때."

"햄버거? 먹어보지 않았는데."

"그러니까 먹어보자. 맛있어."

나의 가방을 받아들고 햄버거 가게로 들어가서 계산하기 위해 줄을 섰다. 자리에 앉아 조금 지나자 아메리카노와 불고기버거가 나와 미각을 돋구었다. 서양 음식으로 경험을 해보았다.

오랜 시간 이야기를 나누면서 다 먹은 뒤 그곳을 나와 택시를 탔다. 서울에서 가장 높은 63빌딩을 구경하기 위해 여의도에서 내렸다. 여의도 공원을 걸어서 입구에 도착해 수족관 구경을 약 세 시간 했다. 엘레베이터를 타고 맨 꼭대기에 올라가 망원경으로 서울 시가지를 내려다 보았다.

"서울은 정말 넓구나. 오빠, 우리가 살 곳이야."

"너와 내가 이 안에서 아이들 낳고 알콩달콩 많은 시간을 보낼 수 있는 우리나라 수도 서울이다."

저녁이 되자 서양 음식점에서 와인과 스테이크를 썰어서 둘이 마주보며 서로 먹여주기도 하고 오붓하고 단란한 분위기를 즐기면서 먹었다.

오빠는 기숙사에 들어가지 않고 목욕탕 찜질방에서 밤을 보내기로 했다. 시흥동으로 가서 목욕탕에 들어가 돈을 내고 열쇠와 옷을 받았다. 찜질방은 성인남녀가 공동으로 사용할 수 있었다. 여러 사람틈에서 쉬다가 불가마 뜨거운데 들어가 땀을 빼고 새벽에 탕에 들어가 샤워를 했다. 찐계란과 음료수도 먹었다. 아침으로 미역국을 먹었다.

부동산이 문을 열 때쯤 맞추어 나갔다. 시흥대로 옆에 크고 좋은 성당이 보였다. 요즘 교회에는 젊은 세대가 점점 줄어들고 있고 가치관의 혼란속에 물질문화에 탐닉하고 있다.

그들이 건강한 가치를 교회에 와서 찾을 수 있었다면 좋겠다. 죽음으로 치닫는 생존경쟁의 사회속에 던져진 젊은 사람에게 하나하나 이름을 부르시며 잃어버린 한 마리 양 때문에 아파하시는 예수님의 따뜻한 사랑을 전해주어야 한다.

또한 진리를 위해 십자가 죽음까지도 받아 안으신 예수님의 용기도 전해 주어야 한다.

그리고 감각적으로 현세적인 것에 매몰된 현대 젊은 우리들에게 눈에 보이는 이 세상을 창조하시고 지탱하시는 분 보이지 않는 하느님의 권위에 승복하는 겸손도 배워야 한다고 생각했다.

하루종일 세 명이 전세방을 보러 다녔다. 적은 돈으로 좀 나은 집을 고르기 위해 발품을 팔았는데 마침 방 한 칸 부엌 옆에 화장실이 딸린 지상 1층에 있는 집이 있었다.

"그 돈으로 이만한 집은 이제 없습니다. 어떻게 생각하십니까?"

"영인아, 우리 여기에서 시작하자."

"그래, 괜찮아. 계약해, 오빠."

주인 아주머니와 부동산에 가서 아저씨가 쓴 계약서에 도장을 찍고 일단 오늘은 이렇게 끝났다.

"오빠, 우리 둘이 함께 있을 공간이면 어디라도 좋아."

"고맙다. 마음을 헤아려 주어서. 시작은 이렇게해도 우리는 잘 살 수 있을거야. 밥은 회사에서 먹고 날짜가 되면 들어가서 잘란다. 너와 결혼하는 것만 생각하고."

말하면서 걷다가 저녁을 먹으러 음식점으로 들어갔다.

메뉴는 삼겹살을 먹자고 하였다.

가을이 깊어가는 밤 우리는 여관으로 들어가 잠을 자기로 하였다. 방은 두 개로 쓰면 돈이 배가 비싸므로 우리는 결혼하기로 한 사람이라고 방을 한 개로 쓰기로 했다.

내가 먼저 화장을 지우고 씻고 오빠고 다음으로 씻은 후 스킨 로션 바르고 향수를 살짝 뿌려 향기가 좋은 가을밤을 같이 보냈다.

"이불은 따로따로 선을 그었다. 넘어오면 안돼."

"알았어, 결혼 전까지는 지켜주고 싶다. 오빠만 믿어."

서로 마음속으로 웃으면서 잠이 오지 않는 밤, 진한 감동으로 지새웠다.

다음날 열시경에 나와 이른 점심을 식당에서 먹었다. 까페에서 커피도 마셨다. 2박 3일 가을 여행을 마치고 오후 늦게 강남 고속버스터미널에서 광주행 고속버스를 타고 집으로 돌아왔다.

오빠를 만나 사랑하면서 무의미한 하루하루를 살아가다가 어느날 갑자기 너무나 뜻밖의 누군가를 사랑하게 되고 그의 사랑을 받게되면 인생은 충만한 아름다움으로 새로운 희망으로 돌변한다.

미지근한 마음이 다시 뜨거워지고 고목나무 같던 가슴에 푸른 잎이 돋고 노란색 꽃들이 피어난다.

이렇듯이 사람을 뜨겁게 만들고 적극적인 삶을 살도록 변화시키는 분이 계신다. 바로 성령이시다.

성령은 하느님의 다른 이름으로서 나를 뜨겁게 변화시키고 온전히 차지하고 사랑으로 이끄는 분이시다. 그러나 성령은 소란한 사람이나 아무 생각없이 앉아있는 사람에게 찾아오지 않는다. 성령은 성령을 받을 준비가 된 사람에게 찾아오신다. 성령은 고독한 사람에게 기도하는 사람에게 찾아오신다. 고독과 침묵과 기도는 성령을 받기위해 필요한 준비이다. 고독은 단순히 홀로 있음이 아니라 하느님과 함께 있는 것을 말한다.

침묵은 그저 말없음이 아니라 하느님께 귀 기울이는 것이다. 기도는 하느님과의 힘든 대화라기보다는 하느님 안에서의 휴식을 뜻한다.

고독은 욕심많고 거짓되며 분노에 차있는 자신을 발견하고 하느님 앞에 겸손한 자신으로 변환되는 용광로이다.

고독은 자신과 남을 향한 용서를 만들어 낸다. 침묵은 고독의 조건이다. 말 많고 말 뿐인 세상에서 벗어나 말의 본 고향으로 돌아가는 것이 침묵이다.

그곳으로 가야 하느님의 음성이 들리고 그곳에서 우리는 하느님의 말을 배우게 된다. 기도는 고독과 침묵을 통해 얻은 용서의 마음으로 하느님안에 자신을 내 맡기고 쉬는 것이라고 생각한다. 이로써 하느님의 마음을 느끼는 평화가 우리안에 시작된다고 본다. 그리하여 성령을 받음으로써 확고하고도 뜨거운 믿음으로 순교까지도 감수할 수 있는 적극적인 사랑으로 오빠와 함께하며 살아가려고 노력한다.

산에는 단풍이 들기 시작하더니 어느사이 절정에 올라 한반도가 붉고 노랗게 초록이 변하여 아름다움으로 감탄사가 터져 나온다. 사람들은 산으로 단풍 구경을 간다.

사랑이 있는 사람은 그 사랑의 힘이 외부로 타인에게 분출된다. 그리고 그 사랑은 다시 더 크게 성장해서 자신에게 되돌아가

비로소 진정한 행복을 만나게 해준다.

나도 하느님처럼 나를 넘어서는 사랑을 만나게 해 준 하느님 신앙 안에서 가정을 이루고 글쓰는 자신을 가꾸어가며 하느님 뜻에 맞는 삶을 살아가도록 노력하련다.

은은한 향기가 가득 어느 곳에선가 불어오는 바람에 실려온다. 알곡이 여물어 풍성한 결실을 거두어들이는 농심은 천심이다라는 말이 새삼 느껴지는 아름다운 가을의 축복이다.

"영인아, 내년 꽃피는 4월에 결혼식을 하려면 앞당겨 상견례를 해야 한다. 알았지."

"나는 부모님께 말씀드릴테니 오빠는 시부모 되실 분들께 말씀드려서 만나자."

"그래 상견례하기 전에 너에게 고백할 것이 있어. 드디어 말할 때가 왔다. 날짜 맞추어 내려갈게."

"응, 상의할 것 있으면 얼굴보고 하자. 끊어."

밖은 단풍으로 물들어 아름다운 모습을 감상한 것도 잠시 낙엽이 되어 하나둘 떨어지기 시작하였다.

가을걷이가 끝나갈 때쯤 시골에서 농사를 지으시는 시부모님께서 인사를 하자고 연락이 왔다.

가을 뜨락에 찬바람이 우수수 불어와 쌀쌀한 날씨에 따끈한 커피한잔을 사이에 두고 이야기 꽃이 피어난다.

멋있는 그림을 보면서 어린 시절의 보물이 무엇이었는지 얘기를 엄마와 함께 나눈다.

"엄마는 너를 낳고 들일 하면서 젖을 먹이고 나면 할아버지 할머니께서 보아주셨단다. 생각나니?"

"응, 할아버지가 한글을 가르쳐주신 것부터 그때부터 생각이 나는것 같아. 다른 것은 너무 어려서 모르겠어"

"할아버지가 너를 귀하게 키우셨다. 할머니도 시골이라 일을 많이 하시니까 너를 데리고 다니면서 할아버지께서 첫손녀라고 공부를 많이 가르치셨다."

퇴근시간이 가까워지자 저녁을 준비하는데 엄마에게 음식 만드는 법을 몇 가지 배웠다. 가족이 모여서 밥을 먹고 난 뒤 후식으로 과일 몇 조각과 둥굴레 차를 마시고 있었다.

"여보, 시골 사돈댁에서 상견례하자고 전화가 왔어요. 추워지기 전에 만나고 내년 봄에 결혼식을 올리자고."

"그래요. 우리 영인이가 시집을 간다고 하니까 아직은 실감이 나지 않는데 생각하니 나도 사위볼 나이가 된 것 같소."

"뭐, 자연스러운 현상이 아닌가요. 우리집에 자주 오니까 사귄지도 오래된 것 같고 빨리 시집가, 누나."

"언니, 나도 서울가서 살고 싶어."

거실에서 상을 펴고 앉아서 조용한 가을 밤 독서일기를 쓴다.

모두 잠이 들었는데 깨어서 쓰여진 글은 작가가 되기 위한 준비를 하고 있는 기간이었다.

가족이 만나기로 약속한 전날 오빠가 광주에 내려왔다. 시내를 돌아다니다가 저녁을 먹은 후 우리는 걸었다. 공원 입구 가로등 불빛아래 벤치에 나란히 앉았다.

"내가 새어머니라는 것은 말했어도 집에 문제가 많다는 것은 말 안했잖아. 엄마가 나를 임신했는데 9개월만에 아버지가 술집 여자와 살림을 차려 집에 들어오지 않았는데 그 사람이 지금 어머니야. 애들은 딸 하나 아들 다섯을 낳았어. 엄마가 홧병으로 돌아가셨어. 할머니가 나를 기르셨지. 기른 정으로 조상 대대로 내려온 땅을 할아버지가 일찍 돌아가셔서 생활고로 팔아먹고 어느 정도 남은 것을 내가 어렸을 적 내 앞으로 증여를 하고 이전을 해 놓았는데 혁신도시로 발전을 하니까 그걸로 싸움이 많아 집안이 시끄러워. 너가 시집오면 여러 가지 마음 고생을 많이 할지도 모르겠다."

"그래, 아직은 닥치지 않아서 잘 모르겠지만 슬기롭게 헤쳐나갈게."

"영인아, 사랑해! 나는 너가 전부야."

"오빠, 나도 사랑해!"

서로 사랑을 확인하고 오빠는 내일 가족과 가족이 만나기 위해 시골 집으로 향하고 나는 집으로 돌아왔다.

다음날 점심시간에 맞추어 약속 장소에 나갔다. 우리쪽 가족이 먼저 도착하여 자리에 앉아 있다가 나는 화장실에 갔다.

처음이라 화장도 복장도 신경써서 맞추어 입었다. 화장실 안에서 소변을 보고 있는데 말소리가 들렸다.

"동민아, 우리 집안하고 그쪽 집안이 많이 차이가 나는 것 같구나. 고모부 기사 딸하고 했으면 좋겠다."

"고모, 무슨 말을 하세요. 내가 좋아하는 여자예요. 보지도 못한 사람 꺼내지도 마세요. 결혼을 앞두고 불경한 말 하지 마세요."

"알았다. 니가 좋아한다면야."

둘이 먼저 화장실을 나간 뒤 나는 조금 있다 나와보니 모두가

자리에 앉아 있었다.

"동민이 아버지입니다. 새엄마이고 고모됩니다."

"안녕하십니까. 처음 뵙겠습니다. 영인이 아버지이고 엄마 동생들입니다. 본인들이 성당에서 만나 사귄 지가 몇 년이 되어서 결혼한다고 하니 잘 살라고 축하해주는 것이 서로를 위해서 좋은 것이 아닐까 싶습니다."

"글쎄요, 저희들만 좋다면 허락해야지요."

"집안이 우리가 기우는 것 같아요." 새어머니가 말했다

"우리들이 좋아하고 사랑을 해야 결혼하는 것이지 우리들의 인생에 누구든지 끼어들 수는 없어요."

동민씨가 단호하게 말했다.

일식요리가 차례로 하나씩 나와 말소리는 들리지않고 어색한 분위기에 음식만 먹고 난 뒤 인사를 간단히 하고 그 자리를 떠났다.

오빠와 나는 데이트를 오래 하고 저녁이 될 무렵 오빠는 고속버스를 타고 서울로 올라가고 나는 거리에 떨어진 낙엽밟는 소리가 들리는가 시어를 생각하며 가을이 가는 아쉬움이 내 마음속 깊은 곳에 남아있어 잠시 음미하였다.

하느님보다는 돈이 행복을 가져다 준다고 생각하고 봉사나 희생은 힘들어서 안하고 싶어한다. 신앙교육보다 학원이 더 중요하다고 생각하고 헌금이나 나눔은 아깝다고 생각한다. 또 정의로우면 피해를 볼 수 있다고 생각해서 불의에 침묵하기도 한다.

이런 것은 하느님의 뜻에 어긋나는 것들이다. 세상의 것을 좋아 하고 불의에 침묵하고 가난한 이들을 가까이 하지 않는 것 또

고통과 슬픔을 겪는 이들을 돌보지 않는다면 교회에 다니지 않는 사람과 다를 바가 무엇이겠는가.

가을이 가는 자리에 무등산 갈대밭을 찾았다. 이번이 아니면 언제 다시 올 수 있을지 기약이 없어 바람에 이리저리 흔들며 몸을 가누지 못한 은빛으로 피어난 여자의 마음속 가장자리를 차지한 상념의 조각들을 그려보았다.

파아란 하늘에는 구름이 두둥실 떠내려간다. 창공을 나는 새들의 날개처럼 자유로운 세상을 간구하는 기도를 드렸다.

나뭇가지에 낙엽이 모두 떨어지는 순간 가을은 우리곁을 떠났다. 하늘가에 노을이 붉게 타올랐다. 어스름한 저녁이 몰려오는데 산을 내려가는 발걸음이 가벼웠다. 이 아름다운 세상에 꿈이 이루어 지는 날이 올 때까지 최선의 노력을 하고 하느님의 명령에 따르리라고 다짐을 하였다.

3 결혼

간밤에 바람소리가 요란하게 들리고 내게는 잠도 오지 않았는데 새벽녘 간신히 불면의 끝에 단잠을 이루고 아침이 되어 일어났더니 하얀 서리가 많이 내려 있었다.

겨울로 들어서는 길목에서 하얀 첫눈이 쌓이는 날이 기다려지는 소녀 같은 들뜬 마음으로 오빠와 처음 만났던 성당에 가서 미사를 보고 강의를 들었다. 농부가 씨앗을 돌밭이나 길바닥 가시덤불 속에도 씨뿌리는 사람의 비유하는 의미를 추수가 끝나고 겨울이 되는 시점에서 생각해 보았다.

길에 떨어진 씨앗은 예수님 말씀을 아예 받아들이지 않는 사람이다. 돌밭에 뿌려진 씨앗은 어려움이 다가오면 믿음을 쉽게 포기할 사람에 대한 비유이다. 가시덤불에 뿌려진 씨앗은 신앙보다 돈과 명예 등 세속적 가치를 더 중요시하는 사람들이다. 말씀은 같지만 듣는 이의 마음 자세에 따라 그 결과가 전혀 다른것 같다. 우리 신앙인은 당연히 몇 백 배의 열매를 맺는 좋은 땅이 되어야 한다. 그러나 어디 그것이 쉬운 일인가?

생각해보면 우리 역시 매일의 삶속에서 많은 씨를 뿌린다. 대표적인 것이 바로 우리의 말이다. 누구를 막론하고 말은 그 사람의 인격을 나타내는 잣대가 된다. 가정이나 직장 혹은 친구를 만날 때도 항상 조심하고 조심해야 되는 것이 바로 한마디의 말이다. 우리가 생활속에서 말하고 행동하는 모든 것은 바로 말씀의 씨앗을 뿌리는 행위이다. 또한 말과 행동이 일치할 때 그 말을 하는 사람은 많은 사람들에게 감동을 준다. 그래서 '듣기 좋은 말을 하더라도 실천할 것을 생각하라'는 속담이 있다.

우리 신앙인들은 말씀의 씨앗을 뿌리는 사람들인 동시에 말씀의 열매를 맺어야 하는 사람들이다. 중요한 것은 무엇보다 겸손한 자세이다.

우리는 매일같이 말씀의 씨앗을 뿌리고 거두어야 한다. 오늘 하루를 지내면서 과연 나의 마음은 어떤 땅이었을까. 또 내가 어떤 말씀의 씨앗을 뿌렸을까 자신에게 묻고 좋은 생각을 해야 한다.

즐거운 크리스마스가 다가온다.

거리마다 흥겨운 노래소리에 발걸음이 가벼웁게 움직인다. 성탄절 전야 화이트 크리스마스 이브가 되었다.

"영인아, 광주에 내려왔어. 성당으로 나와."

"정말, 이밤에 오빠가 왔어."

전화를 받고 눈을 맞으며 오빠를 만나러 갔다.

성당 옆 성모상 주위에 트리를 만들어 작은 전구들의 불빛이 반짝반짝 빛나고 있었다. 그곳에서 핑크색 장미를 한아름안고 기다리고 있었다. 성당 마당에 청년들 형제님 자매님들이 나와서 보고 눈오는 크리스마스 이브를 즐기고 있는데 나에게는 특별한 날이었다.

"한평생 당신만 보고 살테니 나와 결혼해 주세요, 영인씨."

반지와 꽃다발을 내게 안겨주고 청혼을 하였다.

나는 너무나 큰 감동을 받고 눈물이 글썽글썽 눈에 가득히 고여 망설이지 않고 대답을 했다.

"오빠, 우리 결혼해요. 예."

오빠는 나를 와락 끌어 안았다. 너무 행복한 크리스마스가 축복해 주었다. 모든 청년들이 박수를 치면서 외쳤다.

"키스해, 키스해, 키스해."

진한 포옹과 달콤한 키스를 하고 열한 시부터 열두 시 자정에 끝나는 밤미사를 보면서 이루고자 하는 꿈과 소원을 기도했다.

집으로 돌아와 잠을 자고 놀다가 오후 늦게 서울로 올라갔다. 나는 성경책을 보면서 생각에 잠겼다. 밀밭 가운데 밀과 가라지가 같이 자라고 있는 것을 주인과 종들이 보고 있었다.

그러자 종들은 "그러면 저희가 가서 그것들을 거두어 낼까요?" 하고 주인께 문제 해결을 건의한다.

악이 보이기에 뽑아버리고 싶은, 아니 뽑아야 할 것 같은 사명감에 불탄다. 우리에게도 세상의 악에 관하여 혹은 타인의 잘못을 심판하기 위해 매일 이야깃거리가 풍성하다. 그 사이에 밀밭이 망가지고 옆에 있는 멀쩡한 밀알들이 흩뿌려져도 잘 모른다.

밀밭 자체를 너무 소중하게 여기고 또 밀수확때의 풍성함을 기다려주고 견디어 주어야 한다. 결실은 견디는 자의 몫이다. 너와 함께 하는 것, 이웃과 더불어 사는 것, 이 사회를 유지하는 것 등과 같이 살기 위해서 견뎌주어야 할 것이 너무 많이 있다. 우리 모두 결실의 시간까지 견뎌내야 한다. 견디며 사는 것도 큰 사랑의 한모습이라고 생각한다.

수확때까지 기다려 주시는 하느님의 사랑. 아마도 하느님께서 내게 주실 모든 것 건강과 구원 재산과 자식들의 때나 시기는 내 생각과는 다르게 너무 서두르지 말아야 한다는 것이다.

하느님께서 내 마음과 내 삶에 심어주신 좋은 것을 발견하고 보호하고 감사하고 키우는 것이 내가 해야 할 몫이다.

누구나 가지고 있을 선함과 아름다움은 비록 보이지 않을 만큼 작은 것이지만 풍성한 결실을 위해 우리안에서 자라고 있다. 우리 안에 가라지가 섞여 있다 해도 소중한 것들이 그 속에 자라고 있음을 잊을 수가 없다는 점이다.

긴 겨울동안 하나님 말씀을 듣고 가슴속에 새기는 스스로 공부하는 방법을 터득했다. 실력이 집필할 수 있을 정도로 갈고 닦았다. 기회가 오면 그때를 위해 준비를 해서 생활에 보탬이 되자. 언론 출판의 자유가 풀리면 이 분야에서 성공한 사람으로 거듭나서 사회에 필요한 사람이 되어 세계에 널리 이름을 떨쳐 우리나라를 빛낼 수 있기를 소원했었다.

희망의 봄이 귓가에 속삭인다.

나는 엄마와 같이 혼수준비에 바쁘게 움직이고 있었다. 이곳의 산, 물, 나무, 꽃, 새들과의 만남은 항상 즐겁게 어울린다. 자연에게서 위안과 평화를 선물로 받으면서 인간은 자연의 한 부분임을 실감한다. 자연과 문명이 적절히 조화를 이룬 곳을 지날 때면 좋은 곳에 온 듯 평안해 진다.

대부분의 도시들이 개발이라는 이름으로 화려한 문명의 옷을 입고 고유한 지역적 색깔과 자연환경을 지워버려 참으로 안타깝고 애석한 일들이다.

서로 닮아 있는 도시들이 제공하는 편리함의 기쁨보다는 각 지역의 특수한 자연 모습이 사라진 것에 대한 아쉬움이 더 컸던 모양이었다.

인간 삶의 터전인 자연이 건강하게 보존될 때 우리의 사고와 정서도 더욱 건강해 질 것이라고 생각한다.

자연을 황폐화하는 개발이 아나라 자연과 조화를 이루는 절제 있는 문명 사회를 건설하는 지혜가 그리워진다.

아직 발전이 안된 앞으로 전개되는 미래를 그려보았다. 4월에 결혼 날짜가 잡혀 그에 맞추어 한칸짜리 방에 들어갈 가장 적은 장롱, 화장대 등등 진열장은 책을 꽂을 수 있는 것으로 사용할 수 있게 만들어진 것을 샀다.

결혼하기 위해 준비하면서 한편으로 이런 생각도 했었다. 우리의 사랑이 멈춰지고 믿음의 길이 숨이 턱 막힐 정도로 힘겨워 질 때가 있을지도 모른다.

더 나아가지 못하고 더 기도하지 않는 시간에 내 모습을 찬찬히 돌아보면 부수어 지는 내 자존심에 대한 아픔 때문인 것은 아닌지 더 이상은 부서지고 싶지 않은 마지막 자존심이라고 생각해서 붙들고 있는 것은 아닌지하고 말이다.

그러나 나 스스로 응답을 받을 만한 사람이 아니라고 미리 주저 앉아 버리고 내 처지가 어떠하다 해도 예수님께 큰 소리로 소리질러 기도해야 하는데 이미 스스로 판단한 자신의 처지 때문에 발목 잡혀 있는 것은 아닌지 또 생각했었다.

지금 내가 기도를 멈추고 사랑을 멈추고 있다면 그 이유가 스스로 만들어 낸 작디 작은 자존심 때문은 아닌지도 살펴보고 싶다. 그런 것 다 버리고 "주님 저를 도와주십시오" 하고 묵상하고 그때마다 기도에 집중하리라고 다짐을 한다.

결혼하기 일주일 전 나는 엄마와 같이 장만한 가전제품 등을 큰 트럭에 싣고 서울로 배달한다고 올라왔다. 오빠가 큰길까지 나와서 기다리고 있었다.

"영인아, 여기야. 길눈이 밝구나. 오느라고 수고하셨어요. 어머니, 힘드셨죠?

"자기들이 다 알아서 배달하는데 서울 지리를 몰라서 따라왔네. 장롱이 너무 무거워 사람이 있어야 하는데."

"걱정하지 마세요. 친구들이 와 있어요."

"오빠 친구들이 와 있다구. 만나보고 싶어요."

"그래, 이 길로 계속 가세요. 기사 아저씨."

"예, 저기 차가 서있는 곳이요. 알았어요."

우리가 걸어서 집까지 도착하자 친구 둘이 나와 있었다.

"이 친구는 임헌구 그리고 이 쪽은 김덕재, 우리 안사람이다."

"안녕하세요, 처음 뵙겠습니다. 저희 어머니세요."

"안녕하세요."

"예, 친구들이 믿음직해요."

서로 간단히 인사를 하고 집안 창을 떼고 짐을 안으로 들였다.

방 정리가 끝나자 친구들이 돌아가고 엄마도 저녁 늦게 광주에 도착하겠다 하시면서 밥은 가다가 휴게소에서 먹을 수 있고 기사 아저씨도 내일 출근해야 하니까 출발을 한다고 했다.

"영인아, 너는 박서방이 출근한 뒤 내일 내려오너라."

"그래, 영인아! 내일 가."

나는 얼떨결에 그런다고 대답을 하고 말았다.

이날 밤 우리는 진한 사랑을 하면서 젊음을 불태웠다. 결혼이 다음 주인데 몸을 허락하고 지새운 뜨거운 밤이 너무 좋았다. 지금 나는 광주로 가는 고속버스 자리에 앉아서 오빠와 있었던 첫날밤 생각에 얼굴이 붉그스레 홍조가 띄워졌다.

세상은 봄에 피는 꽃들이 만발하여 나비와 벌들이 날아드는 창밖의 풍경을 감상하였다. 나의 마음속에도 가장 행복한 봄이 찾아와 가지가지 꽃들이 피어 우리를 축복해 주었다.

나는 이 인생을 시작으로 성공한 삶을 살아낼 것이다. 가장 보람되고 사회에서 꼭 필요한 사람이 되어 국가에서 세계에서 이름을 널리 떨쳐 역사의 인물로 정신적인 나라의 기둥이 될 것이다. 잔잔한 내면속 봄의 물결이 내 눈앞에 펼쳐지면서 감동이 왔다. 일주일 있으면 가장 행복한 신부가 될 것이다.

기분 좋은 시간이 빠르게 흘러갔다.

결혼전야, 친척들과 친구들이 집안에 모여 함이 들어온다는 상황을 즐기면서 떠들썩하다. 오빠는 친구 몇 명과 함을 지고 와서 동네에서 함사라고 시끄럽게 하지않고 조용히 잘 차려진 상을 받고 음식을 먹으면서 이야기를 나누었다. 나는 또 하느님 말씀을 생각하고 축복을 내려주시라고 기도했다. 하느님을 사랑하는 이는 말씀을 사랑한다.

말씀을 통해서 살아계신 하느님을 마음속에서 매일 만난다. 사람은 빵으로 살아가는 것이 아니라 하느님 말씀으로 살아간다. 기도가 영혼의 호흡이라면 말씀은 영혼의 양식 밥이라고 한다. 말씀은 사랑이고 말씀은 하느님의 결정체이다.

하느님의 사랑은 말씀속에 녹아있다. 말씀이 사랑을 북돋워주고 마음속에 믿음을 굳건하게 해준다. 말씀은 은혜이다. 말씀의 은혜가 우리를 위로하고 치유한다. 우리를 정화시키고 성스럽게 만든다. 진정한 내적변화와 분별력 있는 은혜도 말씀을 수행하는데 있어서 알곡으로 여문 열매이다고 받아 들여진다.

그리고 또 말씀은 살아있는 힘이라고 생각한다. 말씀을 통한 내적 힘이요, 내면의 빛이라는 복음 말씀은 우리 모두에게 해당이 된다.

다음날 결혼식을 올리기 위해 새벽 미사를 보았다. 한 남자와 한 여자가 만나서 새로운 가정을 이루는 절차를 무사히 마칠 수 있도록 보호해 주시고 축복을 내려주시라는 기도를 드렸다. 엄마가 오늘 하루종일 먹을 수 없으니까 아침에 요기라도 하라는데 아무 것도 먹을 생각이 없고 긴장이 되어 벌써부터 떨리기까지 해 약간 걱정이 되었다.

신부화장을 하기 위해 일찍 예식장으로 향했다. 동생이 들러리로 소지품을 들고 따라와 택시를 타고 예식장 앞에서 내려 안으로 들어갔다.

친구들 둘이 먼저 결혼해 임신한 상태라 나머지 세 명이 와서 화장한 모습을 지켜보고 동생들 친구들도 몇 명 와서 구경하였다. 평생 간직할 수 있는 사진도 많이 찍고 비디오로 결혼식 전부를 촬영하기도 하였다. 부모님들은 문앞에서 손님을 맞이 하시느라 분주하다. 예식 시작 시간이 되어 하객들의 많은 박수를 받고 드디어 신랑 신부 입장이 있었다. 서로 맞절을 하고 혼인 서약을 모두가 지켜보는 자리에서 하였다. 주례 선생님의 좋은 말씀으로 축복해 주시는 가운데 우리는 부부가 되어 새로운 가정으로 탄생하였다.

"인생은 짧고 예술은 길다라는 말이 있습니다. 하고 싶은 일, 좋아하는 일을 하면서 긴 인생의 친구가 되어 기쁠 때나 슬플 때, 좋을 때나 싫을 때도 함께하고 서로 아끼고 존중해가며 세상끝까지 성공된 삶의 동반자가 되시길 바랍니다."

주례사가 끝나고 신랑 부모님 신부 부모님께 절을 하고 결혼에 참석하여 자리를 빛내주시는 여러분께 큰절을 올리고 음악에 맞추어 인생의 첫걸음을 걸어가자 우레와 같은 박수를 쳐 주었다. 가족사진과 신랑 친구 신부 친구들이 나와서 기념사진도 찍었다.

내가 던지자 가장 친한 친구 숙이가 부케를 받고 결혼식은 마무리 되었다. 간단히 폐백을 드리고 신랑 신부 친구들이 모여서 결혼식 뒷풀이로 노래도 하고 게임도 하면서 마지막으로 노는 즐겁고 재미있는 시간을 뒤로 하고 시간에 맞추어 광주공항에서 비행기를 타고 제주도로 신혼 여행을 떠났다.

45분 걸리는 비행기안에서 음료수 등 커피가 나와 향기를 음미하면서 마시고 나자 벌써 제주도에 도착하였다.

호텔에서 짐을 풀고 저녁을 밖에 나가서 먹고 난 후 같은 날 결혼한 신랑 신부들이 각자 방에서 첫날밤을 보내기로 했다.

먼저 목욕탕에서 샤워를 하고 나오자 남편이 샤워하기 위해 들어갔다. 화장품을 바르고 살짝 향수도 뿌렸다. 그런데 하루종일 피곤했던지 잠이 들고 말았다. 남편은 내가 깰 때까지 기다려 새벽녘에야 뜨거운 사랑을 진하게 했다.

2박3일 밀월여행을 행복하게 보내고 가슴속에 많은 추억을 담아서 돌아왔다. 어둑어둑한 땅거미가 짙어온 늦은 밤에 시댁에 들어가니 저녁상을 차려놓고 기다리고 계셨다.

시부모님, 시집간 배다른 시누이가 있어서 불편했던지 느낌이 좋지 않았다. 그러나 처음인데 큰절을 하고 밥을 먹고 간단한 선물을 풀면서 별다른 이야기 없이 잠을 잤다.

이튿날 이바지떡을 주문했다면서 친정에 가지고 가라고 했다. 그런데 열한시가 다되어서 배달이 왔다.

"결혼한다고 다 쓰고 없을 것이니 동민이 회사 동료들 친구들의 축의금을 모아서 줄테니 집들이 해라. 한번은 친정어머니하고 한번은 시누이하고 두 번해라."

"……."

복잡하게 음식을 장만해서 한번에 치루어도 될 걸 두 번하라고 한 영문을 몰라 가만히 듣고 있었다. 시누이가 먼저 살림을 차려 살다가 결혼해서 양가 상견례도 없이 인사를 나누지 않고 결혼했으니 부모대신 초대하라는 말이라고 했다. 처음부터 시집간 딸이 신혼인데 끼어서 벌써부터 시집살이한다는 생각이 들어 기분이 이상야릇했다.

한편 친정에서는 온가족이 모여 부부가 되어서 첫 번째 처갓집에 온 신랑 신부를 위해 음식을 해서 축복하는 자리를 마련했다. 상을 차려 둘러앉아 아버지 엄마가 좋은 말씀 한마디씩 하셨다.

"문화가 다르고 자라온 환경이 다른 사람들이 만나서 가정을 이루었는데 처음부터 생각이나 의견이 맞을 수가 없다. 서로 존중하고 살아가면서 닮아가도록 맞추어서 잘 살도록 해라."

"박 서방, 나는 자네만 믿네. 알았는가."

"네, 아버님 어머님. 모든 어려움 이기고 잘 살겠습니다. 걱정하지 마세요."

"그래요. 엄마 살면서 효도할게요."

정갈하고 맛있는 음식을 다먹은 뒤 상을 물리고 술상이 나와 한잔씩 마시면서 차례대로 노래 한곡씩 부르고 기분 좋은 분위기가 밤늦도록 이어졌다.

지금은 고속버스에 몸을 싣고 서울로 향하고 있다.

우리는 이렇게 인생의 첫출발을 하였다. 무엇하나 가진 것이 없고 젊기때문 살아가는 동안 꿈은 이루어진다는 열정으로 원하고 하고 싶은 일이 평탄하지 않지만 모든 것에 최선의 노력을 다할수 있도록 도와 주시라고 기도하는 시간을 가졌다.

이윽고 강남 고속버스터미널에 도착했다. 택시를 타고 시흥동에서 내려 손을 꼭 잡고 다른 쪽에는 가방을 들고 우리의 보금자리인 전셋집에 열쇠로 문을 열고 무사히 이제는 둘만이 생활하는 공간에 들어가서 짐을 풀고 편한 옷으로 갈아 입었다.

행복한 신혼이 평화로운 일상으로 이어진다. 어느 정도 생활이 정리가 되어 결혼식에 참석한 회사 동료들을 초대해서 집들이를 하자고 계획을 세웠다. 화창한 봄날 남편은 출근하고 나만의 시간이 되어 종로에 있는 서점에 책을 사기 위해 외출을 했다. 현대를 살아가는 우리들은 시간이 돈이다 할 정도로 시간에 인색하다. 누군가에게 시간 좀 내어 달라고 하는 것은 조심스럽기 짝이 없는 요구가 된다. 바쁘다, 시간이 없다 등 다른 이들에게 시간이 없다는 말을 하면서 바쁜 자기 모습 보고 중요 인사가 된 듯 착각하기도 한다.

나에게 주어진 시간을 잘 활용하여 멋진 일을 한 사람으로 거듭나 사회에서 인정받도록 하자 마음속으로 생각했었다.

결혼하고 3주가 된 토요일, 엄마가 광주에서 시장을 보아서 딸이 음식 만드는 것이 서툴러 집들이 하는데 도와주러 어제 올라오셨다. 맛있는 음식 냄새가 풍겨서 엄마가 해 오신 떡을 이웃에도 돌렸다. 이 시기에는 회사 공장에서 토요일에도 오후 5시 30분까지 정상 근무하는 수출이 매우 잘되는 산업화 과정에 있었다.

방이 좁아서 세 번 상을 차리기도 했는데 빠지는 사람이 있어 6시에 한번 먹고 가고 8시에 또 상을 차려 먹기도 했다. 그런데 배다른 시누이가 남편에게 전화를 해서 지금 자기 시누네를 데리고 온다고 했다. 그래서 할수없이 첫 번째 먹은 후 그 사이에 상을 대충 차려 내놓았더니 기분이 좋지 않는 듯한 얼굴했다. 나도 기분이 상했지만 인사를 했다.

"이렇게 오셨는데 방이 좁아 죄송해요. 차린 것은 없지만 많이 드세요. 미안합니다."

그런데 서로 인사도 하지 않고 말도 없이 그만 돌아가고 말았다. 오늘은 토요일이니 회사 사람만 초대하고 내일 일요일에 집안 사람을 초대하면 될텐데 왜 도중에 와서 사람 불편하게 만들었냐고 남편에게 말했더니 내일 오라고 말할 틈도 없이 전화를 끊어서 어쩔 수 없었다고 했다.

아무튼 시끄럽고 복잡한 행사를 치르고 난 뒤 설거지도 끝마쳤다. 엄마는 3일 밤을 자고 남편이 월요일날 출근한 것을 보고 아침을 먹은 뒤 11시 경에 광주로 출발하였다.

"영인아, 엄마 간다. 잘 지내고 재미있게 살아라."

"예, 엄마! 보고 싶으면 자주 와요. 전화할께요."

"그래."

나는 엄마가 보이지 않을 때까지 손을 흔들며 가는 모습을 지켜 보았다. 지금까지 느껴보지 못한 아쉬움이 물밀듯이 들어와 마음에 고였다. 세상은 꽃이 피었다지고 녹색이파리가 나고자라서 푸른 5월의 시원한 느낌이 피부에 촉감으로 다가왔다.

이렇게 찬란한 봄은 인생의 새 출발을 축복으로 한아름 안겨다 주고서 뒤돌아 보지 않고 종종 걸음으로 가버렸다. 짙은 숲속의 울창하게 우거진 녹음사이로 사라졌다.

4. 시집살이

영롱한 아침 이슬이 풀잎에 대롱대롱 맺혀 맑은 햇살을 받아 반짝반짝 빛을 발휘하여 아름다운 색상을 이룬다. 담장너머 이웃집 화단에 장미가 피어 시선을 끈다. 방안 녹음기에서 감미로운 음악의 선율이 흐르고 감상에 젖어들어 백지위에 고인 샘물을 퍼내듯 펜가는대로 글을 쓴다. 가정을 이루어 안정된 생활을 하다 보면 나의 재주를 써 먹을 수 있는 기회가 올것이다고 믿고 있었다.

세상에는 자신을 절제하면서 존경받는 삶을 사는 위인들이 많이 있었다. 이런 분들이 청소년의 귀감이 되어야 할 것이지만 인생의 더할 수 없는 나락에까지 떨어진 사람이 절망속에서 안타깝게 간구하는 기도의 삶을 살았다면 나는 이런 분들 또한 삶의 귀감이 되는 위인이라고 생각한다.

우리나라는 한국전쟁으로 인해 많은 아픔을 겪고 살고 있다. 폐허가 되어버린 땅에서 무에서 유를 창조해 눈부신 발전을 거듭한 남한 전후세대로 태어난 젊은 세대들은 민주주의 평화통일이라는 큰 과제를 풀어야 한다.

나는 총과 칼 무엇보다고 가장 강한 것이 평화의 글 문학을 하는 것이라고 말하고 싶다. 삶으로 실천하기위해 오늘도 묵상한다. 성모님의 삶이 하느님의 은총을 가득 받으신 분이라고 한다. 하지만 현실의 삶에서 성모님의 모습을 살펴보면 복된 여인의 모습을 찾아보기 힘들다. 하느님께 대한 믿음이 있다지만 어린 나이에 아직 결혼도 하지 않은 처녀의 몸으로 천사를 통해 예수님의 잉태소식을 듣는다. 남편이 될 요셉에게도 천사가 나타나 혼인을 하게 되지만 출산의 기쁨을 냄새나는 마굿간에서 보내신다. 목동과 동방박사의 축하를 받고 예수님은 태어나셨지만 고향으로 돌아가지 못하고 이집트로 피신을 간다. 그리고 성전에 아기 예수님을 봉헌할 때에 기쁨도 잠시 당신의 영혼이 칼에 찔리는 아픔을 겪게 될 것이다는 말을 듣게 된다.

서른 셋이라는 젊은 나이에 아무런 잘못도 하지 않았는데 죄인으로 몰리고 조롱받고 고문당하고 결국 십자가에 매달려 세상 어느 것과도 바꿀 수 없는 아들이 눈앞에서 처참한 죽음을 맞는 것을 보게 된다. 우리들이 흔히 바라고 원하는 복을 성모님은 하나도 받지 못했다. 그러나 그분이 하느님의 복을 얼마나 많이 받으신 분인지 우리는 알고 있다.

성모님을 통해 우리가 바라는 복과 하느님이 주시는 복이 분명 다르다는 것을 기억할 수 있는 묵주 기도를 드렸다.

어느새 여름인가 싶더니 초가을로 계절이 바뀌려는지 제법 시원한 바람이 불어와 피부에 느끼는 촉감이 기분을 상쾌하게 만든다. 그러나 낮에는 나른하고 더위가 남아 있었다.

더워지기 시작한 초여름에 부는 바람과 더위가 식혀지는 초가을에 불어오는 바람은 땀을 식혀주는 고마운 바람이다. 그리고 태양볕에 열매가 자라서 익어가는 시기를 말해준다. 시장에 나온 제철 과일들의 단맛 냄새가 코끝을 자극하여 식욕을 억제할 수 없어서 맛을 음미해본다. 아, 가을이 온다는 예고인가 보다. 달콤한 신혼 생활이 시간 가는 줄 모르게 흘러간다.

창문을 통해 들어오는 눈부신 아침 햇살에 잠에서 깨어났다. 그 햇살이 너무 아름답고 고마워서 가슴이 뛰었다. 그리고 고개를 들어 하늘을 보니 이제껏 보아온 하늘이었지만 그렇게 아름다울 수가 없었다.

문득 일상속에 마주한 것들이 특별한 것처럼 느껴진다. 사실 우리의 일상은 모든 것이 행복이다. 일반적으로 사람들은 무엇인가 잃었을 때 비로서 그 가치를 새롭게 알게 된다. 영원할 것 같은 내 주변의 모든 것은 사실은 영원하지 않다는 것도 곧 알게 된다.

그래서 매순간 행복을 느끼는 사람이야 말로 세상에서 가장 행복한 사람이 아닐까. 사람마다 행복의 조건은 다르겠지만 하고 이 가을에 생각을 해본다.

남편의 친구들 다섯쌍이 한달에 한번씩 돌아가면서 만나는데 부부 동반 모임이 집에서 있었다. 산업화 민주화 과정에서 대기업에 따른 중소기업 협력업체에 근무하는 사회 친구들이었다. 이 과정에서 근무시간 이외에도 그리고 토요일에도 정상근무하면서 일을 많이 했는데도 월급은 적어 모두다 전세 방 한칸 두칸에서 가난하게 사는 사람들이다.

일요일 날은 쉬기 때문에 토요일 밤에 오징어 땅콩에 맥주내기 화투 고스톱을 치면서 즐기고 살았다. 직사각형 큰 상에 둘러앉아 음식 만드는 것은 서툴지만 그래도 정성껏 마련해서 밥을 먹고 있을 때 전화가 왔다.

"여보세요."

"형, 형수 언제와? 농사 짓는데 집에 와서 밥하고 빨래하고 청소하고 그러지 뭣 때문에 안오냐고."

"형수가 몸이 안좋아 갈 수 없다. 추석에나 갈 예정이다."

"뭐! 형이고 뭐고 다 필요없다."

하고 배다른 첫째 남동생이 전화를 끊었다.

기분이 좋지 않았지만 불면증이 있어 잠을 자지 못하면 힘든 일을 할 수 없어 갈 수가 없었다. 또 시댁 분위기가 서먹서먹하고 불편한 심기가 계모의 말과 행동에 그대로 나타나 혼자 가서 감당하지를 못했다.

그날밤 친구들은 고스톱치고 재미있게 놀다 열두시경에 모두 돌아갔다.

"그런 것 한 귀로 듣고 한 귀로 흘려버리고 둘이 재미있게 살아요. 우리끼리 어울려 놀면서 즐겨요. 다 필요없어요."

"신랑이 각시 잘 달래줘요."

모두 가면서 한마디씩 말을 했다.

우리끼리 좋아서 결혼했는데 신혼을 마음놓고 즐기지도 못하게 찬물을 끼얹는 전화가 빈번히 있었다.

가을빛에 물든 황금 들녘을 바라보면 스트레스를 엔도르핀으로 전환하는 생활의 지혜가 샘솟는 듯하다.

서울에는 빈 공터가 없는데 수원 오산 화성시 수도권만 나오더라도 가슴이 확트이는 창공과 그 아래 자유롭게 날아다니는 새들을 마음대로 감상할 수 있었다.

전철에서 내려 그 옆 카페에 앉아 따끈한 커피의 향기에 취해 시작 노트에 간단한 메모를 한다. 몇시간 상상의 자유를 만끽하고 왔던 길을 되돌아 시흥역에 내렸다. 시장에 들러 여러 가지 야채를 사 들고서 집으로 향하는 발걸음이 가벼웠다. 된장찌개에 나물, 멸치볶음, 김치와 김, 퇴근하고 들어온 남편과 저녁을 해서 먹었다.

"추석 차표 샀어요. 연휴 첫째날, 일찍 갔는데 전날치가 있어서 시골에는 몇일 앞 당겨서 빨리 갈 수 없고, 같이 내려 갈 수밖에 없어요. 처갓집이 가까우니까 먼저 들려요."

"그래요."

시댁에서 빨리 내려오기를 바라는데 속셈을 뻔히 알고 있어서 남편은 내가 적응하지 못하기 때문에 혼자 내려가지 말라고 했다. 며칠이 지난 어느날 주님의 말씀이 내 가슴에 파고 들었다.

'깨어 있어라. 너희가 그날과 그 시간을 모르기 때문이다'

이 말씀은 육신과 정신이 깨어 있어야 한다는 사실이다. 그리하여 진정으로 소중한 삶을 잃어버리지 않게 해주신다. 사실 깨어 있지 않으면 주님께서 언제 오시고 가시는지 우리는 그날과 그 시간을 모른다.

현재의 이 삶이 주님의 자비와 은총과 구원과 평화의 선물인지를 느끼지 못한다. 얼마나 감사한 삶인지 곤궁에 빠지게 되면 그때서야 깨닫고 후회하고 그리워한다.

'누구든지 청하는 이는 받고 찾는 이는 얻고 두드리는 이에게는 열릴것이다.'

이 모든 복은 우리가 깨어있을 때에 받고 얻을 수 있다고 성호를 그으며 간절히 간구해 본다. 우리의 명절 땡스 기빙데이 추석이 가까워 새벽녘에 겨우 광주행 고속버스를 탔다. 민족의 대이동으로 차가 막혀 거북이 걸음이지만 가족을 만난다는 즐거움으로 마음이 들떠 있었다.

서울에서 광주까지 일곱 시간 넘게 걸려 점심 때가 되어서야 터미널에 도착했다.

택시를 타고 집 앞에서 내리자 음식 냄새가 문 밖까지 풍겼다.

"엄마!"

나의 목소리를 듣고 식구들이 모두 나와서 반겨 주었다.

"박서방, 오느라 고생했네. 배고프지?"

온 가족이 거실에 앉아 상을 펼치고 음식이 나왔다.

"언니, 형부 온다고 엄마가 맛있는거 많이 했어. 많이 먹어."

"차가 많이 밀리지? 자네 회사는 잘 돌아가는가?"

"예, 수출하느라고 바뻐요. 근무시간 이외에도 일을 많이 해요. 지금은 일하면 수당이 나옵니다."

"그런가, 다행이네."

"큰 처남은 군대 생활 잘하는가? 자네도 곧 군대 가야지."

"예, 형이 나오면 갈려고 생각하고 있어요."

그동안 있었던 이야기를 하면서 맛있는 음식을 먹으니 거실안이 정으로 가득했다.

늦은 점심을 먹은 뒤 엄마는 소고기 세근과 과일 바구니를 사서 시댁으로 가라고, 결혼하고 첫 명절을 남편집에서 새라고 보냈다. 시어머니도 계시지 않는 시댁인데 계모가 괴롭혔다.

시댁은 시내버스 종점역에서 조금 걸어 들어가면 광주광역시 변두리 시골마을 전형적인 농사짓는 곳이었다.

들판에는 농기계로 왔다갔다 벼가 저절로 베어지고 탈곡이 되어 푸대에 담아져 나와 일손이 덜어졌다.

아무도 반겨주지 않았다. 대문을 열고 집안에 들어갔다.

"아니, 일찍 좀 와서 집안일 좀 하지 왜 늦게 오냐? 그렇게 우리 집을 만만하게 생각하냐? 니가 직장에를 다니냐 아니면 무엇을 하는거냐? 처음부터 반대를 했는데 아니나 다를까 우리를 무시하고 눈내려보느냐. 나는 니가 싫다."

"… 죄송합니다."

친정집에서는 들어보지 못한 나쁜 말을 늘어 놓는 계모시어머니의 말에 어떻게 할 수 없어 옷을 갈아입고 주방으로 들어갔다. 남편은 타작해서 말려놓은 벼를 가마니에 담고 나는 할 줄도 모르는 가사일을 거들고 하지만 계모의 불편한 심기는 좀처럼 가라앉지 않았다.

"이런 것도 못하냐. 친정에서 무엇을 배웠느냐. 너희 어머니가 그렇게 가르치든. 다시 배워오너라."

시집와서 얼마나 됐다고 친정 부모님까지 욕하니까 감정이 상하고 기분이 좋지 않아 스트레스가 많이 쌓였다.

밤이 되어 배다른 형제들이 다 모였다.

계모 시어머니가 나에게 모질게 대하는 것을 본 배다른 시동생들은 결혼 전에는 형하고 친하게 하지도 않았는데 여자하고 결혼하여 좋은 처갓집이 생기자 이제야 좋은 척 친한 척 연기를 하는 꼴이 관심없어 모른 척 하였다.

하라는 공부는 안하고 자격증도 따지 않고 자동차운전을 하다가 사고가 나 부모가 보상을 해 주었다. 빚이 많아 그 화살이 그대로 나에게 돌아와 화풀이 대상이 된 것이다.

배다른 시동생들은 대학을 나오지 않아 사는 것이 다 그만그만하여 제일 나은 사람이 남편뿐이었다. 할머니가 돌아가시기 전에 대대로 내려오는 시골땅이 있었는데 계모 시어머니가 구박을 많이 하기 때문에 그 재산을 장손에게 망해 먹지 말라고 하면서 이전을 해주었다고 한다.

변두리이긴 하지만 땅값이 많이 올라 그것을 빼앗으려고 살림은 여자들이 하고 경제권을 가지고 살기에 독하게 시집살이 시키는 이유 중의 하나였다.

시아버지 재산도 있는데 욕심이 많아 적다면서 제일 좋은 땅밭을 달라고 남편에게 말했다 한다. 이틀밤을 자고 불편해서 내일이 엄마 생일이라고 말을 했다.

"일도 못하고 방해만 되니까 친정엄마 생일인데 케익이라도 사다 촛불을 켜드려야겠어요. 모레는 서울에 올라가야 되고 오늘 친정에 가도 될런지요?"

"결혼한 지 얼마나 됐다고 니 마음대로 할려고 하느냐. 각오해라. 갈 때는 니가 가고 싶어서 가도 올 때는 니 맘대로 못온다. 나는 너가 보기 싫다. 차라리 없는 것으로 생각할런다."

그런 폭언을 더 이상 듣고 있을 수가 없어서 옷을 갈아 입고 남편과 같이 집을 나왔다.

추수가 거의 끝나가는 넓은 들과 높은 하늘 불어오는 시원한 바람이 답답했던 가슴에 구멍이 뚫린 것처럼 촉감이 좋았다.

"우리 논이 포도밭 옆에 있고 밭이 배 밭 옆에 있어요. 아마 논으로 되어 있지만 토지 대장에는 밭으로 되어 있을거여요."

두렁길을 걸어서 논과 밭을 둘러본 뒤 동사무소로 들어갔다. 먼 곳에 사는 사람들을 위해서 일을 볼 수 있도록 명절 연휴에도 문이 열려 있었다.

혼인신고는 본 적이 있는 곳에서 먼저 하면 그 서류가 지금 사는 곳으로 넘어오게 되어 있을 때였다.

"어머니, 시간이 없어 따로 내려올 수 없으니 이번에 혼인신고 하고 갈께요."

"뭐라고? 살아보고 안준다면 이혼하고 준다고 하면 그때 혼인신고 해라."

"스무살만 넘으면 부모동의 없어도 결혼할 수 있도록 법으로 되어 있는데 혼인신고를 해야 회사에서도 수당이 더 나오고 혜택이 좋아요."

계모에게 보증을 서달라고 전화를 했는데 기분 나쁜 소리만 하고 허락을 안하니 친구들 세 명을 불러내어 보증을 섰다.

"여보, 이제는 완전한 내 사람이 되었소. 죽을 때까지 검은 머리 파뿌리가 될 때까지 서로 위하면서 살아요."

우리는 계모의 말에 개의치않고 상관없이 일을 보고서 마음이 편한 친정에서 하룻밤 자고 서울로 올라왔다.

도심속의 가을도 나뭇가지 이파리에 물이 들어 깊어만 간다.

울긋불긋 아름다운 색깔로 옷을 입은 단풍도 잠시 한잎두잎 낙옆이 되어 거리에 떨어진다. 나는 낙엽을 밟으며 책을 사기위해 서점으로 외출을 한다. 가을의 멋과 어울린 커피숍에 앉아 커피 향기로 피어나는 꿈을 마시면서 책을 읽는다. 밤이 되어 남편과 차를 마신다. 달콤한 대화가 오고간다. 그런데 전화벨이 요란하 게 울려서 남편이 받는다. 다음주에 할머니 할아버지 돌아가신 기일인데 두 번이 아니라 합해서 한번으로 지낸단다. 할머니가 부모나 다름없이 사랑을 해 주어서 계모와 사이가 좋지 않았다. 결혼하고 첫 번째 맞는 제사에 참석을 하게 마누라를 보내라는 내용이었다. 벌써부터 가슴이 답답했다. 고모의 전화에 시댁사람 들이 처음부터 탐탁치않게 생각했는데 남편없이 부딪치는게 나 에게는 힘든 일이었다.

그러나 시골에 내려가는 것이 도리에 어긋나는 일이 아니고 나 중에는 내가 제사를 모셔야 하기 때문에 내려간다고 대답했다.

사람 사는 게 맑은 날이 있는가 하면 우울한 기분이든, 흐린 날 도 있는 것이 아닌가. 이런 과정을 거쳐가는 것이 인생이란 것을 깨닫는다.

일주일 뒤 아침 일찍 남편은 출근하고 나는 시골에 내려가기 위해 강남 고속버스터미널에서 광주행 고속버스를 탔다.

아침은 생각이 없어서 먹지 않고 아메리카노 커피 한잔을 들고 자리에 앉아 차표 검사를 한 뒤 시간이 되어 곧 출발하였다. 결혼 때 해 준 예복을 입고 집에 가서 엄마를 먼저 본 뒤 가방에 넣어 가지고 온 한복으로 갈아 입었다.

간단한 선물을 들고 시댁에 들어갔는데 계모어머니는 집에 없 고 이웃집 아주머니가 말을 했다.

"시어머니는 떡집에 갔어요. 며느리가 왔는데, 옷 갈아 입고 부엌에 들어가서 일을 해요. 저번에 딸이 왔다 갔는데 집안 일을 못 한다고 흉보던데 시어머니 말은 듣지 않는다고 남이 말을 해보라고 해서…. 그런데 직접 보니 얼굴도 이쁘구만. 나도 이런 며느리만 얻는다면 좋겠다."

나는 아주머니가 기분이 썩 좋지 않고 불편해서 인사는 했지만 자기 며느리도 아닌데 주제 넘는 말을 한다 속으로 시골 사람이라 그런가 하고 스트레스가 쌓였다.

떡을 해서 집에 돌아온 계모어머니를 보고 아주머니가 가버리자 나는 빨래와 청소를 했다.

시아버지 형제가 2남 1녀인데 고모와 작은 집에서는 일찍 왔다 갔고 나와 계모어머니 둘이 있게 되었다.

"밭." 하자마자 내가 먼저 말해버렸다.

"낳은 정보다 기른 정이 크다고 아버지와 어머니가 동민씨 앞으로 재산을 이전해 주었다고 자랑하던대요."

"고모년이 그랬다고 생각한다. 우리 자식들한테 해가 되게 할머니가 살아서 이전해 주었다는 것을 말해주어."

"그것은 내가 시집오기 전에 망해먹지 말라고 물려준 것인데 내가 없애버릴 수 없어요."

"그래, 각오해라."

제사 음식을 장만하는 것을 보니 생선은 껍데기가 홀랑 벗겨지고 나물은 짜서 간이 맞지 않았다. 저녁 일찍 제사상을 차렸으나 시아버지, 같이 사는 시동생도 들어오지 않아 갓 시집 온 내가 조상님께 절을 드렸다. 둘이만 있을 때 달란 말을 하고 싶어서 그러나 만만하게 빼앗길 성격의 소유자가 아니라는 것을 알고 밖으로 나타난 거치른 성품을 어찌 할 수 없어 이를 가는 소리가 들렸다.

잠을 자고 아침이 되어 밥은 먹는 둥 마는 둥 설거지를 한 뒤 인사를 하고 다시 친정집에 들려 옷을 갈아 입고서 엄마의 배웅을 받고 신혼 보금자리로 돌아왔다.

평온한 일상이 이어지자 휴하고 한숨을 쉬었다. 무슨 일이 일어날 줄 아무도 모르는 상태였다. 이번 토요일 잔업이 없는 날이라 평상시보다 두 시간 일찍 들어온 남편과 같이 저녁을 먹었다. 늦가을이 가는 끝자락을 아쉬워하며 남편과 따끈한 커피를 한 모금씩 입안에 퍼지는 향기를 마신다.

그런데 전화벨이 울려 내가 받는다.

"여보세요."

"오빠 좀 바꿔주세요."

"누구세요?"

"고모다."

"고모라고? 그런 촌수 몰라요. 싸가지가 없어."

"야, 오빠 바꿔."

"오빠, 친구 동료들하고 술 마신다고 들어오지 않았다. 뭣 때문에 전화했냐. 두 번다시 전화하지 마라."

배다른 시누이가 전화를 하자 화가 나서 남편이 있는데도 없다고 둘러댔다. 싸움의 시작은 계모시어머니와 배다른 시누이가 없는 말을 지어서 험담한 것을 이웃집 아줌마가 말해줄 때 기분이 매우 나빠 가만히 두지 않아야겠다고 생각했다. 전화를 끊고 조금 있으니까 배다른 남자 시동생들이 전화해서 폭언을 퍼부었다.

남편은 여자들끼리 다투고 싸우는데 나서서 편들지 않았다. 속으로 그동안 구박받으며 살아왔는데 안 사람이 바람을 막아주는 역할을 하니 숨쉴 수 있는 숨통이 트인 것 같아 보였다. 밖에는 세찬 바람이 불어왔다.

간밤에 잠도 오지 않았는데 아침이 되어 창밖을 열어보니 하얀 서리가 많이 내려 있었다.

나뭇가지 위에 땅위에도 눈이 오는 것처럼 서리발이 피어 마지막 가는 가을, 작별하는 장면이 눈앞에 선하게 고여 왔다. 약간 춥지만 유리 창문을 닫고 커피물이 끓기를 기다려 인스턴트 커피를 잔에 붓고 물을 붓자 향기가 조그만한 방에 가득 피어났다.

5. 친구들

태양계에서 지구로 쏟아지는 자외선이 겨울에는 고도가 높아 우리 한반도에 들어오지 않는다. 그런 것으로 인해 추운 날에는 잠을 유도하는 비타민이 햇볕속에 충분히 들어 있지 않아 긴 밤을 불면으로 지새우는 날이 많았다.

서울의 밤은 휘영청 낮과 같이 밝지만 변두리에 사는 사람들도 밤하늘에 별이 보이지 않아 대화를 할 수 없었다. 지금 여기 깨어 있는 사람이 진정 살아 있는 행복한 사람이다. 반면에 자기를 잊고 잠들어 있는 불행한 영혼들도 많이 있을 것이다. 깨어 있어야 무기력과 무감각 무의욕의 일상의 늪에서 벗어나 지금 여기서 온전히 하느님 사랑의 현존안에 살 수 있다고 생각한다. 깨어 있음은 기다림이다.

막연한 기다림이 아니라 깨어 주님을 기다린다.

깨어 있음은 희망이다. 깨어 있을 때 저절로 사라지는 것이 절망이다. 깨어 있음은 아름다운 빛이다. 깨어 있을 때 저절로 사라지는 불안과 두려움과 어둠이다. 깨어 있음은 충만과 갈망이다.

또 기도이고 침묵이다. 깨어 있음은 찬미이며 평화요 기쁨이요 순수이다. 그러니 영혼의 건강에 영혼의 병과 상처의 치유에 깨어 있음보다 더 좋은 약이 없다는 것이다.

깨어 있을 때 깨끗한 마음이요. 샘솟는 깨달음에 참 나의 삶이다. 깨어 있음 깨끗한 마음 깨달음이 하나로 연결되어 있다.

그런데 우리 주변에는 충분한 사랑을 받지 못한 사랑의 결핍자가 많이 있다. 이런 이들의 결핍된 사랑을 대신 채워줄 보충 물로 찾는 것이 가정이 아니라 권력이다. 그 결핍을 메우기 위해 스스로를 타인과 비교우위에 세워 놓고 스스로를 다그치면서 되도록 권력의 크기를 최대한 부풀리려고 별의별 짓을 다한다.

그에 비해 어떤 이들은 권력의 덧없음을 보여주려는 듯 권력없이도 행복해 하면서 주도적인 삶을 사는 사람만이 누릴 수 있는 자유와 행복을 마음껏 누리기도 한다.

권력이 없어도 행복해 하는 사람은 서로 사랑하는 사람들이라고 확신한다. 사랑하는 사람들은 서로가 서로의 결핍을 채워준다. 서로 비교할 필요도 없고 나를 위해 상대를 희생시킬 필요도 없다. 다시 말해 권력 자체가 필요 없는 것이다. 나는 살아가면서 인간 관계안에서 좀더 특별한 대우를 받고 싶고 문학의 길에서도 좀더 멋지고 특별하고 싶은 욕심이 슬며시 고개를 들어 나를 가만이 있지 않게 하고 적극적인 성격이 되어 자꾸 묻는다. 그리고 나 먼저 평범하지 않고서는 특별한 것도 있을 수가 없다고 생각한다. 그날이 그날 같은 평범한 일상이 때로는 지루한 사막처럼 여겨지기도 할테지만 나를 시간속에 길들이고 성숙하게 하는 것은 바로 평범함을 견디고 충실하게 하루 하루를 사는 것이라고 다시 생각해본다.

우리집 현관문을 두드리는 어느 멋진 노신사가 있었다.

"신문 보세요."

"추운데 들어와서 따끈한 커피 한잔 하세요."

"정년 퇴직하고 할 일이 없어서 이일을 하게 되었어요."

"올해 결혼해서 서울에 살기 시작했는데 어려서부터 잘한다고 칭찬받았던 것이 글쓰기였어요. 신문에 연재할 수 없을까요?"

"그래요, 투고한번 해보실래요? 준비해 놓은 것이 있나요?"

"예, 언제 기회가 올지 몰라서 원고를 써 놓은 것이 있어요. 여기."

정성스럽게 쓴 원고를 건네주었다.

"좀 시간이 걸릴 수 있겠지만 긍정적으로 생각하고 계세요."

"신문사와 연결만 해주면, 일할 수 있게 해주신다면 무어라고 고맙다고 인사를 드려야 할지 모르겠습니다."

인간은 혼자서는 살 수가 없다는 것을 나는 잘 알고 있다.

서로 사람이 기대고 부대끼며 웃기도 하고 때로는 눈물도 흘리면서 호흡하고 살아간다. 문학의 길을 가는 입구에서 어느 멋진 노신사를 만난게 나로써는 큰 행운이었다.

날씨는 점점 추운 겨울로 향해서 눈이 오기를 기다리고 있었다. 얼마 전에 배다른 시누이와 시동생과 전화로 다투었는데 계모시어머니가 화가 단단히 나서 우리집에 화풀이 하러 가만두지 않는다고 따지러 온다고 한다.

시고모가 귀뜸을 해주시면 행패 부리러 간다고 하니 대책을 세울려면 친정 부모님을 오시라고 해서 바람막이가 되달라고 하는 수밖에 없다고 전화로 피할 방법을 말해 주었다.

잘못한 일도 없는데 그 시간이 오지 않기를 바랐다. 거리의 나무에는 벼짚으로 검은 옷을 입고 온도가 영하로 떨어진 긴 겨울 밤을 보내기 위해 채비를 한다.

큰 길 옆 우체국에 앉아서 편지를 쓴다. 달력이 한 장 남았는데 그리운 친구들 선배후배들에게 도시에서 첫 번째 맞이한 겨울 편지를 소리없이 쓰고 예쁜 카드를 보냈다.

12월 중순 계모시어머니네가 내일 온다고 연락이 왔다.

전날이 토요일, 친정 부모님이 오시기로 했다. 그렇지만 마음이나 생각이 무겁고 우리끼리만 살면 별 문제가 없을 텐데 배다른 시누이가 사고뭉치로 이쪽 저쪽 다니면서 일을 벌려 멀리 있는 사람들로만 느낌이 좋지 않았다. 엄마 아버지가 올라오셔서 조금은 안심이 되었다. 좋은 일로 부모님이 오셨으면 좋았을텐데 시댁일로 걱정을 끼쳐드려 미안하고 죄송스러웠다.

그러나 할 수 없었다. 내 부모님이 계시니 나는 구박받을 수 없었다. 일요일 날 점심시간이 훌쩍 지나서 계모시어머니가 아들 하나와 딸을 앞세워 우리집에 나타났다. 방문을 열고 분을 못이겨 숨을 거칠게 몰아쉬면서 들어왔다.

"어머니, 오세요."

"어머니가 아니다. 니가 뭐간디 어머니라고 부르냐."

배다른 시누이가 말을 했다.

"시댁일은 하기 싫어도 해야 한다. 친정일은 안해도 되지만."

"우리 딸은 밥하기 빨래 청소라도 잘한다. 너는 그것도 못하냐."

"앞으로는 로봇이 밥하고 빨래하고 청소를 한다. 할 줄 아는 게 너는 그것밖에 없느냐."

"자식을 속으로 낳았소. 이중 성격으로 낳은 자식에게는 말을 좋게 하고 낳지 않은 자식 며느리에게 막말, 폭언을 하는 것을 모르고 있는 줄 아시오. 그런 식으로 인생 살면 자식들이 무엇을 보고 배우겠소."

"미쳤써, 미쳤써, 미쳤써."

배다른 첫째 동생이 나에게 욕을 하며 대들었다.

"청년, 젊은 사람이 그러면 못쓰네."

아버지가 딸에게 하는 것을 보고 말을 했다.

"집안 일을 배우기 전에는 오지 말라고 했으니 친정어머니가 좀 가르치세요."

"요즘 젊은이들은 보면 해보고 그냥 배워요. 걱정하지 마세요."

부모가 있어서 이정도 퍼붓고 간다고 해서 차비를 드리니 마다하지 않고 받아서 넣어가지고 쏜살같이 가버렸다.

우리 엄마 아버지도 내일 출근해야 하니까 오후 늦게 출발하였다.

"박서방, 부탁하네. 스트레스가 많이 쌓이니 가급적 시댁 사람들과 부딪치는 일이 없게 하게. 아이도 가져야 하는데 너희들 둘이 좋아서 한 결혼이니 끝까지 책임을 지게."

"예, 걱정을 끼쳐서 죄송합니다."

"둘이 알아서 잘 살게. 나는 이말뿐이네."

"예, 아버님."

"나오지 말게."

나는 무어라고 부모님께 말할 수 없을 정도로 최악을 경험한 순간 사람이 어느 정도 얼마만큼 나쁜지를 몰랐었다. 그런데 이젠 알 수 있었다. 영화에서 나온 주인공 역할은 잘 쓸 수 있는데 악역을 맡은 사람들은 잘 그려서 써야 감동을 줄 수 있고 또 울렸다 웃겼다 하는 재주를 배워 버렸다. 젊어서 고생은 사서라도 하는데 현재 처해 있는 상황을 잘 이겨 내어 젊음을 밑천으로 크게 성공을 하는데 기틀이 되어 사회에서 나라에서 필요로 하는 사람이 되자.

　폭풍우가 지나가고 평온을 되찾은 우리 가정에 좋은 경사가 올 것만 같은 예감이 들었다. 남들의 말에 상처받지 않도록 배려와 바람막이 든든하고 따뜻한 남편이 되어 역할을 다해주었다.

　결혼한 지 팔개월이 될 즈음에 우리에게도 아이가 생겼다. 너무나 소중하고 보배로운 하느님의 선물을 우리도 갖게 되었다. 좋은 것만 보고 듣고 생각하면서 엄마 아빠와 태어나서 만날 날을 고대하며 기다리기에 마음이 설레였다. 남편은 산부인과에 검진 받으러 가는 날에 동행해 주었고 먹고 싶은 음식은 한밤중에도 사다주었다. 아기 예수님이 태어난 성탄절이 가까이에 왔다. 루돌프 사슴코는 매우 반짝이는 코 등 흥겨운 캐롤송이 거리에 울려 퍼져 지나가는 사람들의 발걸음을 가볍게 한다. 태아 교육을 위해서 좋은 음악을 녹음기에 저장을 해 틀어 놓고 감상을 한다. 하얀 눈송이가 날리는 화이트 크리스마스 이브가 되었다. 남편의 손을 잡고 레스토랑에서 좋은 음식을 먹고 난 후 역시 미사에 참석하기 위해 성당에 나갔다.

　잔잔한 음악이 방송을 통해 흐르고 청년들은 모여서 기타를 치면서 복음 성가를 부르는 분위기가 무르익은 밤이었다.

구유에 누워계신 아기 예수님 인류를 구원하시려고 사람이 되시어 이 세상에 오신 날 그리고 아기를 갖고 맞이하는 뜻깊은 특별한 크리스마스를 보내게 되어 하느님께 감사드렸다. 한해를 마무리하는 연말이라는 단어에 잠시 생각을 하였다. 결혼과 동시에 서울에 올라와 시작하게 된 문학이 잘되게 해주시라고 간절한 기도를 두손 모으고 드렸다.

건강한 아이가 태어날 수 있도록 축복주시라고 은총 소리가 울려 퍼지는 제야에 경건한 마음으로 묵상하였다. 희망의 새 아침이 어둠을 물리치고 웅장하게 밝아왔다. 연휴가 이어지는 날 친구 임헌구씨집에 다섯 부부가 모였다. 정초부터 고스톱치기를 하면서 맛있는 요리 한두 가지 해서 즐기고 있었다.

"자, 음식 나온다. 밥 먹고 하자."

헌구씨와 남편이 밥상을 들고 방으로 들어왔다. 화투치기를 잠시 멈추고 닭도리탕과 전 김장김치, 소고기 무국 등 떡국은 집에서 먹기로 하고 상에 둘러 앉아 밥을 먹었다.

"올해 세 명 부부가 아이를 낳게 됐네. 덕재가 4월 동민이가 5월 헌구가 6월. 우리는 일찍 아들 둘 낳았지. 너희들은 딸 낳아라. 첫딸은 살림 밑천이라는 말이 있잖아."

"아들이고 딸이고 구별없이 건강하게만 태어나면 좋지."

오고가는 시끄러운 말소리에 가정에서 받은 스트레스를 이런 방식으로 풀면서 잘 살아가자고 성공으로 사는 법을 스스로 깨달아 실천해가도록 다짐했었다.

식사 시간이 끝나고 한쪽에 술상을 보아 맥주를 따라 한잔씩 하면서 고스톱으로 피곤을 푸는 산업전선에서 일하는 사람들. 일은 근무시간 이외에 하는 잔업 또 바쁘면 밤을 새워하는 야간 근무 등 몸은 지치고 영혼은 메말라 남의 집 전세방 한두칸에 주방과 한쪽에는 화장실이 딸린 가난하게 살아가는 사람들이다.

영하10도가 넘은 강추위가 몇 번씩 왔다가 가고 봄이 온다고 알리는 입춘이 되었지만 아직도 추운 날씨는 계속 이어졌다. 강물이 풀린다는 절기 중에 하나인 우수가 되어 봄을 재촉하는 비가 소리없이 내린다. 앙상한 고동색 나뭇가지에 물이 오르는 소리가 가만히 들려온다. 거대한 땅속에서 새 생명이 움트는 기적의 변화가 일어난다. 꽃피는 봄을 시새워 찾아오는 꽃샘 추위가 지나갔다. 그런데 지난 초 겨울에 신문보라고 다녀간 노신사가 좋은 소식을 가지고 찾아왔다.

"일할 수 있게 되었어요. 기자들이 취재하면서 글쓰기가 바쁜데 기사 쓰는데 도와주세요. 글쓰는 실력은 어느 수준에 도달하면 별 차이가 없는데 수준급에 도달하는 과정이 어렵지요. 무난하게 통과되었어요. 여기 연락처."

"감사합니다. 열심히 해서 기대에 어긋나지 않게 능력있는 사람으로 보답하겠습니다."

"나는 전해주는 사람이지 글은 쓰지 않아요. 그런데 잘 쓰는지 못쓰는지는 알 수 있어요. 힘내서 일을 시작해 보세요. 이 경험을 바탕으로 문인으로 등단할 수 있는 기회가 오면 등단도 하세요. 외국에는 문인협회 같은 것은 없지만 민족문학이라는 것은 있대요."

"알겠습니다."

노신사는 희망의 봄에 선물을 마음으로 한아름 안겨 주고서 떠나가고 나는 입덧이 가라앉자 시장을 보아 맛있는 음식을 만들어서 남편과 저녁상에 마주하고 오늘 있었던 이야기를 한다. 이때부터 경제적으로 살림에 보탬이 되기 시작했다. 얼마되지 않았지만 나가는 돈이 없어 알뜰하게 살아가면 내집 마련 꿈이 앞당겨질 수도 있다는 계획을 세우기도 했다. 친구들과 어울려 놀면서 평일에는 나의 일을 차질없이 하면서 아마추어가 아닌 프로가 되기 위해 재주를 갈고 닦았다.

　아름다운 봄날에 아름다운 언어로 나의 마음속에 씨실과 날실로 교차하면서 몸에 꼭 맞는 옷을 짜듯글을 써나갔다.

　배속에 아가도 건강하게 무럭무럭 잘 자라 엄마아빠와 만나기를 기다리면서 하루하루 성실하게 보냈었다. 오늘은 아홉달 되는날 정기검진 받으러 남편과 산부인과에 갔다. 기다리고 있다가 차례가 되어 이름을 불렀다.

　"김 영인씨 들어오세요. 검진 받고 있다가 보호자도 들어오세요."

　좀 있다가 예비아빠도 들어왔다. 의사 선생님이 말을 했다.

　"심장 뛰는 소리를 들어보세요. 아기는 건강합니다."

　"예, 신기하네요. 아가! 엄마아빠가 너가 태어나기를 기다리고 있단다."

　"아기가 열달을 채워서 나오기는 합니다. 그러나 아기가 나오고 싶을 때 언제일지 진통이 시작되면 병원에 오세요."

　준비할 것과 주의사항을 듣고 아기를 만날 기대감 설레임으로 집에 돌아왔다.

"여보, 김덕재가 딸을 낳았대요. 건강하게 태어나서 기쁘다고 전화왔어요. 축하한다고, 산후조리 잘하게 하라구, 삼주 지난 후 아기 보러 간다고 말했어요."

"큰 일을 치루어서 잘했네요. 조금은 긴장이 되고 걱정이 되요."

"걱정하지 말아요. 남편이 든든하게 옆에서 지키고 있는데."

언제 진통이 올지 모르는 상태라 배넷저고리, 기저귀, 분 등등 필요한 것 들을 준비해 두었다. 여러 가지 꽃들이 피어 향기가 열어 놓은 창으로 들어와 후각의 느낌이 너무 행복하여 태어날 아기를 그리기에 하루가 짧았다. 이제는 꽃들이 먼저 피더니 그 주위에 이파리가 돋아나와 온 세상이 녹색으로 변해 바라보는 눈이 아름다워 반짝반짝 빛으로 승화하여 영롱한 아침 이슬로 맺혀 있었다. 하느님 사랑으로 가정을 이루게 하시고 선물로 주신 생명을 잉태하여 품게하신 은혜에 감사합니다.

따사로운 햇살이 온누리에 비추어 녹음이 우거지는 계절의 여왕이라는 말에 어울리는 상큼한 5월이 되었다. 우리가 새로운 목표를 세우거나 새로운 일을 시작할 때 미래에 대한 구상에 앞서 처음으로 돌아가 보는 것도 소중한 일인 것 같다. 그때 그시절로 돌아간다고 생각만 해도 가슴이 뛰고 북받쳐온다. 이상하게도 가슴이 두근두근 환희가 마음안에서 솟구치는 것을 느낀다.

내 인생의 모든 얼룩을 지우고 새 기쁨안으로 들어서는 기분, 참으로 새로운 경험이었다. 뿐만아니라 새로운 각오와 결의가 온 몸에 뜨거워졌었다. 이런 마음이 충만할 때 온 세상의 축복속에 박 고은 첫딸이 태어나 너무 사랑스럽고 행복했다.

일요일날 아침 양수가 터져 하루안에 아이를 출산해야 한다고 당직을 선 선생님의 도움으로 우리의 보배를 낳았다. 엄마가 사위의 전화를 받고 달려와 오후 4시 30분 경 도착했을때 아빠와 할머니는 아이를 안아 볼 수 있었다.

"여보, 고생했어요. 사랑해요. 아가야, 아빠다."

"건강한 아이를 낳아서 잘했다. 할머니하고 인사하자."

"엄마, 오빠! 손가락 발가락 몇 개인지 세어봐."

"건강하다니까. 신기하다. 너무 쪼끔해."

"꼬물꼬물 막내가 태어난 후 몇 년만이니. 아이 귀여워라."

나는 엄마가 된 깊은 감동으로 삼일동안 병원에서 몸을 추스린 뒤 퇴원해서 아이를 안고 집으로 돌아왔다. 엄마는 이주가 지나서 내가 처음이지만 아기를 잘 기를 수 있으니 걱정하지 말고 광주 집을 비울 수 없어 내려가라고 권했다. 이제 우리 가족이 새로 태어나 셋이 되었다. 온 세상을 다 준다해도 바꾸지 않을 고은이가 우유를 먹고 쌔근쌔근 잠을 자고 있었다.

나는 아이가 울고 웃었다 같이 부대끼자 일상으로 가두워지는 분주한 생활이지만 자꾸만 자라는 모습에 지루하지 않고 재미가 있었다. 나에게 커다란 기쁨이요 보람으로 다가와 너무 행복했다. 혼자 아가를 목욕시키기가 걱정이 되어서 아빠가 퇴근하고 돌아와 조그마한 몸을 같이 고사리같은 손과 얼굴 몸과 발을 차례로 씻기는 등 육아를 도와 주었다.

개운한 기분으로 잠에 빠져있는 모습을 바라보고 있노라면 모든 시름 잊어버리고 시간 가는 줄 몰랐다. 고은이는 한달 일찍 태어난 보라와 이제 막 태어났다고 하는 진송이, 셋이 친구가 되었고 엄마들끼리도 친구처럼 친하게 지냈다. 나는 평일에는 한번씩 아이들 친구 엄마들과 모여서 놀기도 하고 주말이면 다섯친구들 가족 전부 모여서 문화 생활이 아닌 고스톱치고 피로 스트레스를 풀면서 즐겼다.

그리고 기자 일을 도우는 자유기고가가 되어 규칙적으로 일주일에 한두쪽 분량의 글을 썼다. 인터넷이 보급되지 않던 시절부터 원고를 쓰기 시작하여 프로가 되어가는 과정이기도 했다.

언론 출판의 자유가 없을 때라 원고료가 없었는데 이때부터 소정의 돈을 받을 수가 있어서 재미가 있었다. 나의 글의 분야는 민주주의가 발전하여 경제적인 성장위에 꽃을 만발하게 피워 통일의 밑바탕이 된다는 통일 문학이다. 지금은 신문에 연재되는 국내 사건, 외국에서 일어나는 일 다양한 소식이지만 기자가 취재해 온 것을 육하원칙에 의해서 이해하기 쉽게 자유로운 자연스런 문체로 써 나가고 있다. 남의 글을 도와주고 약간의 경제적인 보수를 받고 있지만 언제인가는 내 이름이 박힌 얄팍한 책을 가지는 것이 나의 목표이고 소원이다.

아기가 잠에서 깨어나 가만히 무릎위에 소중하게 안고서 우유를 먹이고 있는 나는 고은이 엄마이며 박동민씨 부인으로 이름이 아닌 아줌마로 불리우게 되었다.

이렇게 부르는 것이 낯설지만 나의 일에 어려움이 따르게 되지만 일에 성공하면 이름도 찾을 수 있고 경제적인 부도 얻을 수 있다는 생각으로 집에서 아이를 돌보면서 할 수 있는 일이라 행복했다. 초여름의 맑은 햇살과 불어오는 시원한 바람, 앞집 화단에 피어 있는 장미가 활짝 웃고 있어서 기분이 매우 좋았다. 날씨는 갈수록 더워지지만 아빠와 엄마 고은이 우리 가정은 행복으로 웃음꽃 이야기 꽃이 매일매일 피어났다.

짙은 푸르름이 울창한 숲으로 우거지는 그 옆에 계곡이 흐른다. 달력속 한 폭의 그림이 휴가를 떠나고 싶은 생각이 들었다. 먼곳으로 여행가는 것은 불편할 수 있으니 가까운 관악산으로 가자고 의견을 모았다. 물속에 발 담그고 맛있는 것 먹고 놀다오자. 우리 고은이와 함께 할 수 있는 다가오는 여름 휴가 계획을 세웠다. 그런데 지금은 비가 많이 오는 우기, 장마철을 앞두고 있다. 6월 넷째주부터 7월하순까지 농촌 어촌은 비 피해 없도록 조심하고 대책을 잘 세우라는 보도가 잇달았다.

6. 즐기다

이글이글 타오르는 태양도 잠시 대지를 식혀주는 굵은 빗줄기 소나기가 한차례 쏟아지더니 어디서인지 시원한 바람이 불어와 오수의 잠이 또 쏟아진다. 푹푹 찌는 찜통더위는 알곡이 익어가 기위한 최상의 온도를 제공하는 하느님의 섭리라고 믿고 있었다. 그런 때가 있기에 가을에는 열매가 주렁주렁 매달려 가을의 기쁨을 만끽할 수 있는 것이다.

복사열기로 덥게만 느껴지는 대기의 기온, 여름이 가기 시작한다는 절기중의 하나인 처서가 지나면서 큰나무 그늘이 제법 시원하게 느껴지기 시작했다.

주여! 들어다 남쪽의 뜨거운 햇볕을 긴 해시계위에 내리게 하시어 열매에 단맛이 깊은 당도로 스며들게 하소서. 그리고 가을에는 기도하게 하소서. 사랑하는 사람들을 위하여 아름다운 모국어로 글을 쓰게 하소서. 아름다운 눈으로 세상을 바라보고 민주주의를 위해서 천만 번 접으면 학이 된다는 전설을 믿으며 통일의 꽃으로 화하소서. 어디선가 빨강 고추 잠자리가 공중을 맴돌며 계절이 변한다는 신호를 보내고 있었다.

그 아래 코스모스가 한두송이 피어 우주의 연가 하늘하늘 가는 허리 춤을 추면서 넓은 들을 무대로 연주를 하는 것 같았다. 남들이 보아주지 않아도 피어서 은은한 향기를 품어내는 들꽃, 벼가 여물어 가는 곳에 참새가 쨱쨱 쪼아 먹는 소리가 경쾌하게 들린다.

하늘을 나는 새들을 보라. 먹을 것 입을 것 걱정하지 않아도 하느님께서 돌보지 않느냐. 그러나 산업현장에서 일하는 사람들은 한달 월급만 나오지 않으면 가정 살림이 휘청거린다. 다행으로 원자재를 수입해 제품을 만들어서 수출하는 남편 회사는 적은 박봉이지만 월급은 밀리지 않고 나온다.

많은 사람들이 마치 자신들만 정의로운 것처럼 정의를 외친다. 자신들이 가장 사랑하는 사람들인 것처럼 사랑을 외치며 지도자들을 비난한다. 참아달라, 대기업이 잘되면 중소기업에 다니는 사람들까지 먹여 살리겠다고 큰소리 뻥뻥 쳤었다. 자신들이 정의롭지 못한 것은 보지 못하고 다른 사람들이 잘못한 것만을 침소봉대하는 면만 보았다.

대기업은 협력업체인 중소기업에 원자재 값은 오르는데 단가를 내려서 여기에서 나온 이익금을 연말이면 성과금이다하여 상여금을 많이 받아간다.

경제성장의 뒤안길에서 어두운 부분이 분명 존재하고 있었다. 매일 중노동은 아니지만 힘이 들고 피곤에 지쳐 토요일 밤이 되면 친구들끼리 모여서 스트레스를 풀었다. 산들산들 초가을 바람이 부는데 9월달 첫주 토요일 밤 6시부터 우리의 첫딸 고은이 백

일 잔치를 위해 웨딩홀에서 모였다. 광주 친정집에서도 식구가 다 올라와 모두 축하해 주는 자리가 되어 밝은 빛으로 따뜻하게 반짝거렸다. 여러 가지 맛있는 음식을 접시에다 가져다 먹은 뷔페식 자리에 앉아 간혹 이야기 소리가 들리고 잔잔한 음악이 흘러 분위기가 좋은 날이었다. 케익에 촛불 한 개를 꽂아서 불고 가족사진도 찰칵 찍었다. 밤이 으슥할 때까지 손님들은 즐기다가 돌아갔다. 우리는 수를 세어서 계산을 하고 마무리를 한 뒤 걸어서 집으로 돌아가는 길이 즐겁기도 하고 웃으면서 가슴에 안고 있는 잠자는 아기의 모습이 너무나 예뻐서 바라 보았다.

밤 공기가 맑고 좋았다. 말을 하면서 현관문을 열고 불을 켜고 온가족이 들어왔다. 방은 한 개지만 여덟식구가 들어가 앉을 수도 있고 눕기도 할 수 있어서 다행이라 생각하고 밤새 그동안 있었던 이야기를 하느라고 잠이 오지 않았다.

아이가 더 자라면 놀 수 있게 침대를 치운 자리에 두꺼운 요를 깔아 아버지가 누워 있고 그 옆에 잠든 고은이가 웃고 있었다. 주위를 둘러 앉아 커피를 마신다.

"엄마, 군호하고 미경이 대학생이 둘이라 돈이 많이 들어 가겠어요."

"현호가 금호타이어에 취직해 그런대로 도움이 된다."

"언니, 먼저 전남에서 임용고시를 보고 안되면 경기도에서 치러볼래. 경기도에는 사범대학이 없어 전국에서 몰리지만 해볼만하대. 나 언니하고 살고 싶어."

"나도 지금부터 취업준비 해야겠어. 누나는 좋겠다. 집에서 아이보면서 하는 일이 있어서. 누나 같은 여자만 만나면 그냥 결혼하겠어."

"현호야, 이제 여자도 사귀고, 데이트도 하고 그래. 그래야 엄마가 좀 편하지. 아버지와 너희 셋 뒷바라지에 엄마가 너무 일이 많아 고생하시잖아."

"응, 누나! 나도 생각하고 있어. 매형 회사는 괜찮아요?"

"회사 수출이 잘 되지만 우리한테 경제적으로 돌아오는 것은 적어. 나는 사무실도 보면서 현장에서 일도 하고 그러지."

여러 가지 이런 저런 이야기하며 온 식구가 한방에서 시간 가는 줄 모르고 밤을 지새웠다.

새벽녘에 눈을 부쳐 잠시 잠을 자고 일어나 아침 겸 점심을 먹고 난뒤 친정식구들은 오전에 광주로 돌아갔다.

아기가 하루하루 다르게 무럭무럭 자라는 모습을 바라보고 있노라면 모든 시름 잊어버리고 시간이 빠르게 흘러갔다.

가을이 무르익어 결실을 거두워들이는 추수철이 되어 하느님께 감사드리는 땡스기빙데이가 우리 고유의 명절처럼 다가와 서로 이웃끼리 나누는 기쁨이 매우 커서 몇 백 배가 된 것 같았다. 아이를 안고 성당에서 좋은 말씀도 들었다. 어느덧 계절이 바뀌기 위해서 준비를 하고 있었다. 찬바람이 우수수 낙엽이 떨어지고 도심속의 나무들도 다가오는 겨울을 나기위해 검은색 짙은 고동색으로 옷을 입기 시작했다. 거리에 낙엽은 이리저리 흩어져 사람들은 낙엽 밟으며 오고가는가하면 미화원아저씨는 빗자루로 낙엽을 모은다. 이렇게 만추가 가고 추운 겨울은 찾아온다.

주말이면 회사 친구들은 한집씩 돌아가며 한데 어울려 고스톱 치고 음식을 해서 안주에 소주 맥주 마시며 논다. 이번에는 집이 좀 넓은 임헌구씨 집에서 모였다. 다섯 가족의 시끄러운 말소리 아이들이 떠드는 소리며 사람사는 냄새가 물씬 나는 서민들이 사는 방식이었다. 밖에는 지금 눈이 펑펑 내린다. 그러나 방안 분위기와 사람들에게 나오는 따뜻한 온기는 추운 겨울을 녹이고도 남을 이웃간의 정이 넘쳐 흘렀다.

두꺼운 방석을 가운데로 둘러앉아 화투장을 돌리고 치는데

"못 먹어도 고, 한번 더 돌아."

"났어. 한바퀴 더 돌더니 몇점이야."

백원짜리 화투를 쳐서 딴돈으로 맛있는 것을 시켜서 먹고 재미 삼아 밤늦도록 하다가 새벽녘에 집에 돌아갔다. 경제는 성장했지만 서민들은 문화생활은 엄두도 못내고 남의 집 전세방에서 화투나 치고 몇가지 음식해서 먹고 수다를 떨며 스트레스를 풀었다. 나는 즐겁지가 않았다. 간밤에 함박눈이 쌓여 아침에 일어나 보니 온 세상이 하얗게 변해 있었다. 앙상한 나무에도 눈꽃송이가 피고 지붕에도 담장에도 깨끗한 눈이 쌓여 사람들의 욕망으로 인해 더러워진 마음을 깨끗하게 승화시키는 매개체 역할을 한다.

입춘이 지나고 내린 눈은 온도가 오르고 햇빛이 쏟아지자 빠른 속도로 사르르 녹아 내린다. 눈이 녹는 물이 흐르는 소리가 들리지만 한편 깊은 땅속의 뿌리에서 나뭇가지로 순환하는 숨소리가 가늘게 떨린다.

봄이 오려고 깊은 겨울잠에서 사물들이 깨어나 기지개를 편다. 그러나 아직 봄이 멀리 있다고 밖은 고요하다. 활동하지는 않는 듯하다. 강물이 풀린다고 하는 우수와 개구리가 깨어나는 경칩이 지나고 봄을 재촉하는 비가 내린 뒤 나뭇가지에 새싹이 돋아 나

온다. 만물이 소생하는 봄 활기찬 생명력이 넘쳐흐르는 약동하는 계절이 눈앞에 펼쳐진다. 남한인데 산넘어 남촌에는 누가 살길래 해마다 봄바람이 살랑살랑 남으로 불어오는 이느낌. 집에만 있기에는 아까운 시간이다. 봄이 왔으니 김밥, 음료수, 과일 등 준비해서 봄 소풍 가자고, 따뜻한 나물 캐러 가자는 의견이 나왔다. 몇일이 지난 후 나무 심는 식목일이 되었다. 십이인용 봉고차에 아이들과 엄마 아빠 가족들, 또 유모차와 준비한 음식 돗자리 등을 싣고 안양시 수리산 가는 쪽 밭두렁으로 봄나들이를 갔다.

경쾌한 음악을 틀어놓고 휘파람 불며 흥겨운 콧노래까지 부르자 세상 아무 것도 부러울 게 없을 정도로 행복했다. 좁은 공간에서 생활하기 때문에 너무나 답답했던 마음이 확 트인 자연속을 바라보니 매우 시원하고 좋았다. 보온병에 인스턴트 달달한 커피를 타와 종이컵에 한잔씩 따라서 마시는 그 맛은 일품으로 좋았다. 커피를 음미하고서 차에서 돗자리와 방석을 가지고 와 깔고 고스톱 판을 또 벌인다.

유모차를 펴고 우리 셋 애기 친구들은 타고 왔다갔다 놀아주다가 아빠들 옆에 신동이씨 아들 진우에게 놀아주라하고 한규식씨 부부는 일정이 있다고 참석하지 않아 아줌마 넷이서 냉이 쑥 봄나물을 캐기 시작했다. 평평한 언덕에서 이어진 밭두렁 산 옆까지 쑥이 자라고 있었다. 흙냄새 쑥향기가 코 끝에 후각으로 전해져 전원 교향곡이 청각의 느낌으로 울려 퍼지는 것 같았다. 서울을 벗어나니 이런 곳도 있구나. 고향은 아니지만 포근한 자연. 점심때가 되어 모두가 둘러앉아 음식을 꺼내 놓는다.

"밖에 나와서도 고스톱이에요."

"딱히 재미있게 놀 수 있는 것이 없는 것 같아요."

"가장 돈이 적게 들고 여가를 즐기는 것이 이것 같아."

"맛있어요. 돌아가며 한번씩 김밥, 주먹밥 먹었는데 안사람들이 집안 살림을 잘 하는가 보아요."

"넓지도 않은 집 뭐 할게 있다고요. 내집 갖는 게 소원이에요."

결혼한 지 몇 년이 된 신동이 씨 부인 이숙자가 한마디 한다.

나는 고은이에게 우유를 먹이고 유모차에 앉혀 놓고 나무젓가락으로 김밥하나를 집어서 먹으려 하자 헛구역질이 나온다.

"어머, 고은이 동생 가졌나봐. 안그래."

아줌마들이 자꾸 묻는다.

"모르겠어요. 생리를 언제 했는지도 생각이 안나요."

"병원에 가서 검진 받아봐요."

아무 것도 먹을 수가 없었는데 커피는 마실 수 있어서 다행이었다. 가지고 간 음식을 다 비우고 즐기고 놀다가 여자들은 봄나물을 한바구니씩 뜯어서 일찍 자리를 털고 차를 다시 타고 와서 각자 자기집으로 돌아갔다.

그날 저녁 쑥, 냉이 된장국에 봄나물을 데쳐서 무치고 건강한 시골 밥상에 정이 듬뿍 넘쳐 흐른다.

잠을 자고 다음날 예전처럼 아빠는 출근하고 유모차에 아이를 태우고 산부인과를 갔다. 고은이를 간호사에게 맡기고 검사를 받았다.

"둘째 아이를 가지셨네요. 축하합니다. 세달째 접어들었네요."

그 순간 힘들지만 아이를 낳아서 잘 키워야지 하는 생각밖에 들지 않았다. 축복받은 나의 나이들. 엄마를 찾아와 너무 고맙고 무어라고 감사의 말을 해야 할지 말문이 막힌다.

얼떨결에 집으로 돌아와 아빠에게 전화를 한다.

"오빠, 임신이 맞대요. 우리 둘째아이."

"예, 사랑해요. 수고해."

꽃향기가 그윽한 한가닥 바람이 창문을 통해 들어온다. 고은이가 잡고 서더니 한발짝 두발짝 걷는다.

"아, 고은이가 걷는다. 신기해."

엄마인 나는 너무 좋아서 박수를 치며 고은이를 보며 웃는다.

"엄마, 엄마!"

말도 몇마디 단어를 외치며 원하는 것을 표현하기 시작했다. 집은 엄마와 애기 말소리에 사람사는 냄새가 물씬 풍긴다. 꽃이 피었다 진 옆자리에 이파리가 자라 녹색 푸르름이 짙은 색깔로 전국이 푸른 물결되어 춤을 춘다.

가정의 달 5월에 태어난 고은이의 첫돌이 다가왔다. 작은 아이 고은이 동생을 임신해서 입덧이 심한 상태라 돌잔치를 힘들어서 할 수 없다고 말했다. 가족 사진과 돌을 기념한 사진을 찍고 친구들이 모여 몇 가지 음식을 해서 밥한끼 먹으면 어떻겠냐고 상의를 했다. 어른들이 먹자고 하는 잔치는 생략하자 먼저 연휴가 낀 날 고은이를 유모차에 태우고 첫돌이 되어서 서울랜드 놀이동산과 동물원을 구경하기 위해 가족끼리 나들이를 갔다.

새로운 것을 보고 좋아하는 모습은 처음으로 경험하는 호기심 어린 동심에 때묻지 않은 순수함 경이감이었다.

너무 어려서 놀이기구는 타지 못하고 여러 곳을 구경한 뒤 오후 늦게 집으로 돌아가는 마음이 즐거웠다. 계절중에 덥지도 않고 춥지도 않은 온도가 활동하기에 가장 좋은 달. 우리가 표현하기를 계절의 여왕이라고 하는데 행사가 많이 있었다. 기분을 좋게하는 엔도르핀이 만들어지는 훈풍이 날아와 방안에서 웃음꽃이 계속 피어났다.

봄날은 짧았지만 이젠 더워져가는 초여름으로 변해간다. 초록은 더욱 짙어져 울창하게 녹음이 숲으로 우거지는 아직은 열기가 느껴지지 않는 시원한 바람이 언뜻언뜻 불어오기도 한다. 관악산 계곡에 맑은 물소리 들으며 친구들이 옹기종기 모여 앉아 놀고 있었다. 한쪽에서는 조그만 가스불 위에 넓다란 돌을 깨끗이 씻어 올려 놓고 달구어진 그 위에 삼겹살을 익혀 사람들을 불러서 술 한잔에 상추쌈을 맛있게 먹는 그 정감이 무르익었다. 여기까지는 산에서 약간의 취사가 허용이 되어 자유롭게 휴일을 즐길수 있기는 하지만 뚜렷하게 무엇을 하며 문화생활을 해야 할지 모르는 단지 서민일 뿐이었다. 계곡은 사람들의 말소리 어린아이들의 울음과 웃음이 한데 뒤범벅이 되어 맑고 눈부신 햇살이 반사되어 온누리를 비추었다.

"올 여름도 많이 덥겠어요."

"그러게요. 기후 온난화 때문에 예전보다 이상한 상태가 되어 여름에는 많이 덥고 겨울에는 많이 추운 기온이 나타나요."

"우리가 걱정한다고 해결이 되나요. 힘이 없는데요."

"이산화 탄소를 많이 배출해서 그런 현상이 나타난다고 하는데 일상 생활 그리고 공장에서 고쳐야 할 상황이네요."

"우리가 거창하게 생각하는데 실천에 옮기는게 가장 중요한 과제인 것 같아요."

중소 기업에 다니는 아빠들의 화제 거리는 정치가 아니라 우리 생활과 밀접한 관계가 있는 건설적인 이야기였다.

우리가 즐길 수 있는 자유를 만끽하고 뒷정리를 한 뒤 산에서 내려와 각자 자기집으로 돌아갔다. 걱정했던 것처럼 긴 장마가 끝나고 뜨거운 폭염과 푹푹 찌는 더운 여름이 이글이글 했었는데 계절은 바뀌어 벌써 서늘한 바람이 기분을 상쾌하게 만들었다. 조용한 분위기에 커피 향기를 음미하며 자유로운 시간의 여유를 가져본다. 지난 봄 화분에 국화를 꺾어서 심어 놓았는데 무더기로 꽃을 피웠다. 문앞이 환해져 오고 가는 사람들의 시선을 끈다. 향기에 취해 다시 커피 한모금을 마시고 바라본다. 나는 국화처럼 강인한 사람이 되고 싶다. 뿌리가 없어도 많은 꽃을 피워내는 인내와 슬기를 본받고 싶다. 아! 주여. 가을에는 기도하게 하소서. 사랑하는 가족을 위해서 거두워 들이는 많은 열매를 위해서 몇 백 배 몇 천 배가 될 수 있도록 마음을 비우는 곳간에 가득 채울 수 있도록 느끼는 만족감이 최고가 될 수 있기 위해 최선의 노력을 기울리게 하소서. 사람들은 노력하는 댓가만 바라보고 남의 것을 탐내지 않도록 부정부패가 없는 좋은 나라 살기좋은 사회가 될 수 있도록 축복내려 주소서. 오, 하느님. 내가 하느님께 기도할 때 흘리는 눈물은 나 자신이 긴 시간을 돌아 다시 주님께 올 수 있도록 이끌어 주신 은혜속의 체험을 했던 때문일 것이다. 바람은 불고 싶은 데로 분다. 그 이유는 인간을 새롭게 태어나게 하는 정신세계에서 살고 싶은 소망, 자유로운 선택에서 기인한 것이라고 생각한다. 그리고 인간은 밤을 몰아내버린 빛따라 살게 되어 있다. 참으로 우리에게는 참된 열망과 빛을 향해 열린 마음이 승화되어 광명의 빛으로 온누리에 비추이게 하는 선의 승리를 참 기쁨으로 맞이하여야 한다.

이 가을에 태어날 둘째 아이를 생각하며 보내는 마음이 조급하지 않고 약간의 여유와 안정을 갖게되는 것은 첫 번째 출산의 경험이 있기 때문인 것 같았다.

엄마가 일찍 올라오셨다.

만삭이 된 몸으로 고은이를 돌보는 것이 힘이 들고 둘째 아이가 언제 태어날지 모르는 상태라 엄마가 있어서 안심이 되었다. 나는 얼마 있어 두 아이의 엄마가 되었다. 예쁜 혜은이가 태어난 것이다. 행복한 가정에 아이들을 잘 길러 성공한 인생을 살아야겠다는 다짐을 하였다. 한참 말 배우는 고은이가 말썽을 피워 하나는 키울만 하지만 둘은 좀 힘이 들었다. 도와주는 엄마가 광주로 내려간 뒤에는 더욱 그랬다. 그렇지만 다 이런 것이 세상사는 재미가 아닌가. 아직은 혜은이가 우유를 먹은 뒤 잠을 자기 때문에 고은이와 놀아주는 시간이 많아 다행이었다.

아빠도 회사가 끝나면 곧바로 집에 돌아와 고은이와 놀아주고 목욕을 시킬 때면 아이 아빠가 꼭 있어야 쉽게 시킬 수 있었다. 아이들은 엄마 아빠 사랑을 먹고 무럭무럭 아무 탈 없이 잘자라가고 하는 일들도 술술 잘 풀려 아기자기한 즐거운 일상에 잔재미가 넘쳐흐른다. 이렇게 가정의 울안에서 부대끼며 정을 나누고 시간 가는 줄 모르고 사는데 어느 사이 세상은 단풍으로 물이 들어 있었다. 빨강 노랑으로 산에 절정이 된 색깔, 아름다움의 탄성이 절로 나오는 장면이 TV에서 흘러 나왔다. 우리 집은 아이들의 재롱에 웃음소리가 끊임없이 퍼져 나왔다. 그리고 세상의 변화도 잠시 갈색이파리가 되어 버렸다. 가을걷이가 끝난 뒤 하느님께 감사하는 추수감사절이다. 밀알이 땅에 떨어져 섞이고 거름이 되어서 많은 열매를 맺어 수확을 거두워 들이게 되었다. 그 밀알 안에 힘찬 생명력이 넘치기 때문이다. 밀알 자신이 원래 갖고 있는 생명력 때문이 아니라 밀알 하나하나에 하느님께서 담아 놓으신 생명이 있기에 그 생명력이 힘차게 발휘하게 된 것이다. 우리도 하느님의 손에 모든 것을 맡기고 신뢰하면서 밀이 땅에 떨어져 죽었던 것과 같이 하느님 손에서 살고 죽음을 맞이해야 한다. 이렇게 하느님께서 창조 때부터 만들어 놓으신 죽은 밀알이 풍성한 열매를 맺게 되는 그 자연의 이치를 새롭게 완성하시려는 예수님을 십자가의 죽음에 돌아가셨다. 부활하시는 구원의 영광을 드러내시는 하느님의 사랑을 체험하고 하느님의 뜻에 따라 살아가는 사람이 될 수 있도록 두 손 모아 기도를 해본다. 아이들의 웃고 우는 일상에 가두어진 가운데에도 가을의 의미를 생각하면서 할 수 있는 일에 감사드린다.

7. 사고

아름다운 단풍, 고운 이파리가 영상5도 이하로 최저기온이 떨어지면 단풍도 따라서 낙화하는 현상이 일어난다. 봄에 새싹이 나서 여름에 짙은 녹색이 되었다가 가을에 낙엽되어 떨어지는 것은 일종의 생리적인 면에서 우리는 민감하고 예민해져 감상주의에 빠져 시어를 생각해 내곤 한다.

나무는 그렇게 한해 두해 동그랗게 나이테가 그려진다. 누구나 알 수 있는 상식임에도 아름답게 마음속에 느껴지는 것은 우리가 오랫동안 가지고 있는 정서 때문이다.

찬바람에 낙엽이 우수수 떨어진다.

가로수 이파리가 떨어져 거리에 이리저리 뒹굴며 날아다닌다. 시몬 낙엽밟는 소리가 들리는가. 가만히 시어를 읊으며 자유의 몸이 되어 낭만을 즐겨본다. 바스락 바스락 낙엽을 밟으며 가로수 길을 걸어서 성당에 미사보러 나가는 발걸음이 가벼웠다. 벤치에 앉아 마지막 가는 늦가을을 아쉬워 한다.

자판기에서 커피를 뽑아 향기를 맡으며 한모금 마셔본다. 타는 목마름으로 피어오른 나의 꿈이여. 여기 텅 빈 공간에 모아놓은 낙엽으로 다시금 가슴 속에서 활활 타오르게 하소서. 쌀쌀한 바람이 한 바퀴 돌아서 불어오자 나는 교회 안으로 들어갔다. 무거운 짐 내려놓고 주님 안에서 편히 쉬게 하소서.

우리는 예수님의 죽음으로 이제 죽음은 죽음이 아니고 새로운 삶에 대한 희망의 시작이라고 말한다.

삶에 대한 갖가지 부정과 부조리, 고통과 모순, 실패 등으로 희망이 전혀없는 것같이 느껴질 때도 있다. 그런데 예수님의 희생적인 죽음은 그 깊은 절망 속에서 우리에게 다시 영원한 생명의 희망과 믿음을 갖게 해주셨다.

자신에 대한 집착과 욕심에서 벗어나려고 노력할 때, 자신을 내세우고 앞세우기 보다는 하느님의 뜻을 먼저 찾을 때, 끊임없이 아집이나 이기주의에서 벗어나려고 노력할 때 우리는 어떻게 인생을 살아야 할까 깊이 생각할 기획를 갖게 된다. 세속적인 눈으로 볼 때 손해보고 바보같은 삶처럼 보일 수도 있다. 그럼에도 불구하고 주님이 먼저 가신 길, 사랑을 실천하다 죽음의 길을 가신 큰 뜻을 생각하고 예수님 따라 살기를 원한다. 자신을 포기하는 희생, 그리고 자신의 십자가를 짊어지고 올라가는 그 고난에서 부활의 참된 승리가 주어지기 때문이다. 잠시 묵상하고 집으로 돌아가는데 나뭇가지에 마지막 잎새가 지는 장면이 눈에 들어와 바라보았다.

가을이 종종 걸음으로 달려가는 모습이 나에게는 인상깊게 다가왔다. 먼 창공 어느 곳에서 비둘기 떼가 몰려온다.

구구구… 길가에 앉아서 모이를 주어먹는 다정한 비둘기처럼 이곳에서 사는 사람들도 정이 많아 좋은 이웃들이다.

나는 가족이 있는 집으로 들어가 스트레스를 풀고 좋은 기분으로 일상생활에 복귀하곤 하였다.

"오빠, 아이들 우유는 먹였어?"

"응, 네가 타놓은 것 먹고 혜은이는 자고 있다. 고은이는 동화책을 읽어주니까 가만히 듣고 있어. 애들이 더 자라면 같이 성당에 데리고 다니자. 그러면 좋을 것 같아."

"그래, 오빠! 이런 때가 있기에 일상이 재미있어."

조금 지나자 혜은이가 잠에서 깨어나 더운 물을 욕조에 받아서 큰 아이 작은 아이 차례로 씻겼다.

서울에 올라와 세 번째 맞이하는 겨울. 그리고 우리 가정은 아이들 소리에 다른 집처럼 평범한 사랑으로 하루하루를 엮어갔다.

모두가 잠든 밤 한쪽에 상을 펴고 생각에 잠겨 글쓰기를 한다. 밖은 바람소리가 요란하게 들리고 아이들과 아빠는 깊은 잠에 빠지고 간혹 숨소리만 새근새근 들려온다. 나는 신명나게 글을 완성한 뒤에 아이들 옆에서 잠시 잠을 청한다.

다시 새날이 밝아 왔다.

겨울의 문턱을 넘어서자 점점 추워지기 시작한다.

안양에 사는 신동이씨 집에서 모임이 있는 주말이 되었다. 남편이 평일 때보다 일찍 퇴근해서 아이들을 챙겼다. 친구 중 자가용가진 사람이 두 명, 오토바이 가진 사람이 한 명이고 봉고차를 가진 사람이 있어서 집에 다니면서 태우고 곧 출발했다. 나는 큰 애를 안고 머리를 손에 대보니 열이 있었다.

"저기 약국에서 좀 세워주세요. 감기약 좀 사게요."

"고은이 혜은이는 엄마 아빠를 잘 만났다. 어떻게 알았어. 아이들과 집안 일, 더구나 하는 일이 있어 많이 바쁠텐데. 그러니까 너희들 엄마지. 우리 마누라 대단해."

아기를 맡기고 잠시 내려서 해열제 등 감기약을 사가지고 다시 탔다. 그것은 엄마가 당연히 아이들을 보살피고 해야 할 일들이었다. 내일 지구의 종말이 온다고 해도 내가 해야 할 일은 해야지 직성이 풀리는 성격의 소유자라 미래의 번영된 영광과 발전이 주어지는 것이 아닌가. 집에 도착하자 저녁 먹을 시간이라 미리 상을 차려놓았다.

"배고플테니 밥부터 먹읍시다."

"그래요, 준비하느라 수고하셨네요."

상에 모두 둘러앉아 잘 먹겠습니다, 말을 하고 젓가락을 들고 먹기 시작하였다.

"아들만 있는 두 집은 형제간처럼 사나봐. 회사에 사표내고 새로 회사 차렸다면서 둘이 합해서 동업했어?"

"예, 뜻이 있어서 같이 했는데 쉽지가 않네요. 들어가는 돈이 너무 많아 힘들어 죽겠어요."

신동이씨와 한규식씨는 옆에서 보기에 사이좋게 사는 것처럼 보여 친구들도 다 좋게 생각했다. 밥 먹으면서 시국이야기는 하지 않았고 그런 것은 관심이 없었다. 회사 돌아가는 것 수출이 잘 되는 것에 신경만 쓰고 일에 열중했다.

먹고 사는 일에 항상 바쁘게 움직이지만 가난한 살림이 지루하고 불편하게 느껴지는 감정때문에 사회에 불만이 많은 것 같았다.

그러나 모여 맛있는 밥 한 끼 먹을 수 있는 것으로도 감사했다. 친구들이 어떤 마음으로 사는지 그때까지는 몰랐었다. 밥을 먹은 후 과일과 커피를 타서 마신 뒤 언제나 그랬던 것으로 고스톱 판을 벌였다. 이번에는 한쪽에서 여자들끼리도 화투를 치기 시작했다. 날이 샐 때까지 치다가 지쳐 잠을 잤다.

다음날 늦은 시간 신동이씨 부인이 일어나서 음식을 만들기 시작하자 모두 일어나서 양치질과 세수를 하였다.

우리 아이들도 나란히 우유를 먹고 고은이는 어젯밤 일찍 감기약을 먹어서인지 오늘은 자매들과 친구들과 기분이 좋아서 잘도 놀았다.

아침은 소고기를 넣고 떡만둣국을 끓여 아침겸 점심을 먹었다. 임헌구씨 부인이 결혼을 빨리 해서 집장만을 한 신동이씨 부인에게 말을 건넨다.

"집이 몇 평이에요. 이런 집 한 채만 있으면 좋겠어요."

"저층아파트에 복도, 엘리베이터 공간이 없어 넓게 나왔어요. 방 두 개, 목욕탕, 조금 좁지만 거실겸 주방도 있어서 살기는 편해요. 임헌구씨도 월급을 많이 받는 다면서요. 빨리 장만할 수 있을 거에요."

샘이 많은 김선옥씨의 말에 긍정적인 답변으로 다독이는 면이 보였다.

모두 집에서 나와 타고 왔던 차와 오토바이로 시흥 커피숍에서 만나기로 하고 우르르 몰려다녔다.

을씨년스러운 날씨는 초겨울로 들어서인지 쌀쌀한 기분이 들 정도로 햇볕이 나오지 않고 구름이 끼여 흐렸다. 그런데 커피숍에서 만나기로 한 곳에 다 왔으나 오토바이를 탄 김덕재씨가 오지 않았다.

어른들은 커피를 시키고 아이들은 우유를 시켜 마시면서 몇 시간씩 기다렸는데 무슨 영문인지 나타나지 않아 불길한 예감이 들었다. 그러나 핸드폰이 없었을 때라 어디에 있는지 몰라 무작정 오기만을 기다릴 수밖에 없었다.

신동이씨가 한 바퀴 돌아본다면서 나갔는데 저녁 때가 될 무렵에 둘이서 왔다. 사고가 났다고 했다. 신호등 있는 데서 나이가 많은 할아버지를 받았는데 병원에 모시고 갔는데 허리에 금이 갔다는 진단이 나오는 것을 보고 마침 신동이씨를 만나 커피숍에 같이 온 것이다. 저녁 여덟시에 피해자 자식들을 만나 협상하기로 했다면서 여기서는 세 명이 가고 나머지는 집에 돌아가기로 했다.

어수선한 일들이 급박하게 돌아가는 것을 보고 부인 김미선씨가 울면서 오토바이 자격증도 따지 않았는데 오토바이를 사달라고 졸라 자가용대신 샀다고 후회를 했다. 이미 돌이킬 수 없는 일이 벌어진 상태였다.

일어나지 않았을 큰일이 발생하자 기분이 몹시 상한 분위기에서 우리는 아이 둘을 안고 집으로 돌아왔다.

살면서 이런 일이 없어야 하는데, 방 한 칸에 올망졸망 아이 둘네 식구 사는 것도 힘에 버거워 도와줄 수 없는 현실이 아타까워 마음이 편치 못했다.

올 봄에 졸업한 이모가 경기도에서 실시한 임용고시를 보기위해 올라왔다. 작년에 광주에서 실시한 시험은 경쟁률이 너무 높아 한 번 실수를 했다고 유리한 이곳에 도전해서 성공을 해야겠다는 각오로 시험에 임하는 모습이 대견하게 보였다. 우리 아이들 육아에도 도움이 될 수 있겠지.

하룻밤 자고 시험을 치르고 친구들과 광주에 내려간다면서 기다리지 말라고 자신이 있어 당당하게 말했다. 나는 잘 되겠지 기도하며 담담한 심경으로 욕심을 버리자 산뜻한 기분이 들었다.

크리스마스가 다가온다. 흰눈이 쌓이는 성탄절을 기대하며 즐거운 날이 이어진다.

친구가 사고가 난 뒤 모이는 시간이 없어졌다. 예전부터 그렇게 했어야 했는데 지금이니까 말이지 몰려다니면서 노는 것을 좋아하지 않았었다.

이번 크리스마스부터는 가족끼리 아빠의 장난감 선물과 엄마는 케이크, 과자, 과일 등을 사서 조촐하게 보냈다.

대선에서 승리한 김영삼 대통령 당선인과 국민들의 축제분위기였지만 우리는 조용히 연말을 보내고 새로운 신년을 맞이하였다. 임헌구씨 부인 진송이 엄마와 오고가고 사이좋게 지낼 때인데 아빠 친구 부인인 웅기엄마에게 돈을 빌려주었는데 집을 나갔다는 소문을 들었다면서 돈 받으러 같이 가자고 했다.

왜 빌려주었냐고 물으니까 돈을 빌려주면 이자를 많이 주고 바나나 등 과일을 사다가 주어 재미가 좋았다고, 그런데 얼마 전에 또 돈을 많이 빌려 갔다고 한다. 몇 번 약속을 잘 지켜서 믿고 그랬는데 그 돈으로 놀음을 하다가 남자하고 바람이 나서 가정이 파탄났다는 것이다.

아들 웅기가 초등학교 일학년에 다니는데 학교 문 앞에서 기다렸다가 웅기를 만나 집에 찾아가자고 한다.

좀 날씨가 풀리고 봄방학 하기 전 마침 아들을 만나 말을 붙이며 따라갔는데 집에는 아무도 없었다. 밤늦게 아빠가 오고 엄마는 안 온다는 말에 그 아이가 딱하게 보였다.

나는 돈을 빌려준 사람이나 빌려간 사람이다 똑같다고 생각했다. 이렇게 경제성장은 했으나 소득재분배가 되지 않아 사회문제가 대두되고 문화생활도 할 수 없는 어려운 상황이 되었다. 회사 다니는 사람들이 많은데 저 임금으로 사는 것이 고만고만하고 여유가 없어 먹고살기가 힘든 때였다.

나는 어려운 환경을 바꾸기 위하여 모두가 잠든 밤에는 내가 좋아하는 글쓰기에 여념이 없이 꾸준히 해왔다.

이번 겨울에는 왜 나쁜 일만 생기는지 무슨 영문인지 알 수 없었다. 또 신동이씨와 한규식씨 사이가 좋아서 동업을 한다고 했는데 문제가 생겼다.

옛날부터 한규식씨가 조그마한 회사를 경영하는 것이 꿈이었다 한다. 그런데 둘이 돈을 똑같이 투자했는데 사업자등록에는 한사람 한규식씨만을 사장으로 했다고 한다. 회사가 두 사람 것이 아니라 한 사람 것으로 속여 신고를 한 것이다. 그리고 둘이서 서로 속였다하고 아웅 다웅 싸우고서 고발하고 재판한다고 바쁘게 쏘다녔다.

아무리 돈이 없다고 해도 악한 행동은 하지 않아야 살기 좋은 세상이 될 터인데 많은 사람이 모여 사는 사회는 이런 사람 저런 사람 선과 악이 동시에 존재하였다. 그러나 일부분 사람들이지만 문화적으로 많은 혜택을 누리고 살 수 있는 곳에서 원고료는 적어도 내가 할 수 있는 일이 있어서 하느님께 감사드렸다.

우리 사회는 한 사람만 돈을 벌면 쪼들리고 두 사람이 벌면 조금 여유가 있게 생활하는데 물려받은 재산이나 부모의 도움을 받지 못하면 평생 궁상을 떨면서 빈곤하게 살아야 할 처지에 몰리게 된다.

그 운명에서 벗어나려고 발버둥치면서 사는 게 서민들이다. 인생에는 수많은 만남이 있고 그 중에 잊을 수 없는 만남도 있다. 누구든지 자신을 변화시키고 나의 인생을 바꾸게 한 만남은 평생을 살아가도 잊을 수 없는 것이다.

봄바람이 살랑살랑 불어오는 2월달 마지막 토요일 우리는 이사를 했다.

우리식구 넷과 임용고시에 합격한 동생을 데리고 있는 게 모두에게 좋을 것이라고 생각해 방 두 개 화장실과 조그마한 거실 겸 주방이 딸린 이층집에 이제는 다섯이 살게 되었다.

결혼 3주년이 되기 두 달 전 빌라 전세에 살지만 사교육에 돈이 많이 들어가기 때문에 아이들이 초등학교 입학하기 전에 집 장만해야 한다는 목표가 생겼다. 현실이기에 열심히 살아가야 내 집 장만의 꿈이 이루어진다는 확신이 섰다.

여동생은 안양고등학교에 발령을 받고 1993년 3월 2일부터 출근하게 되어 너무 기뻤다. 또 작은 남동생 김 군호는 올해 2월 달 졸업을 했다. 행정학을 전공하여 구청 공보실에 근무하는 행운이 따라와 퍽 다행이었다.

우리 가족에게 봄날 같은 행복이 몰려와 제각기 자기가 처한 위치에서 최선의 노력을 하며 삶을 살아가는 모습이 보기 좋았다. 평화로운 일상이 반복되어 계속 이어지는 하루의 일과가 아이들의 재롱을 보는 재미이다. 큰 아이는 두 돌이 되어가고 육 개월 된 작은 아이는 뒤집는 운동을 하더니 이제는 앉기도 제법 잘한다.

공원에 핀 향기가 꽃구름 꽃바람 타고 날아온다. 유모차에 고은이는 앞에 혜은이는 뒤에 태우고 밀면서 신기한 세상 꽃피는 봄날의 자유를 음미해 본다. 달콤한 꿀을 따라 나비와 벌들이 춤을 추며 날아들고 봄날의 향연 축제에 초대되어 이 나라의 주인공으로 우뚝 서본다.

인간인 나는 자신의 삶에서 느끼게 되는 아무런 의미가 없는 무의미함에 심한 불면증이 걸렸던 경험이 있었다. 그런데 이러한 현상은 치열하게 자신의 삶을 살아온 이들에게 더 많이 나타나는 경향이 있다.

그 이유는 자신이 기대하고 노력한 만큼 우리의 삶이 풍요롭지 못함을 인정할 수 없기 때문이다. 이야기를 들으면 들을수록 특별히 나만 힘든 것이 아니라는 단순한 사실을 깨닫게 되었다.

무엇보다 예수님의 가르침에서 자신을 이해하고 사랑할 실마리를 찾을 수 있었다. 내가 앓고 있는 병은 병이 아니라 그것으로 오히려 하느님의 영광을 드러내고 하느님의 자식으로서 영광을 받게 될 것이다.

푸른 푸른 산은 아름답구나. 관악산 아래 펼쳐진 빌딩과 건물 등이 한 폭의 그림같이 눈에 들어와 반짝인다. 세상이 연두빛깔에서 짙은 녹색으로 노래 부를 때 우리는 첫 번째 봄나들이를 갔었다. 꽃그늘 아래 꼬까신 신고 아장아장 걸음마를 하는 아가. 서울랜드 안 놀이기구는 탈 수가 없고 그 옆 동물원에서 동물들을 구경하는데 신기하고 호기심이 많은 맑은 눈동자로 바라보는 아이들 모습에 너무 좋은 하루였다.

돗자리를 깔고 집에서 만들어 온 유부초밥과 조그마한 주먹밥 불고기, 과일 등을 가운데에 놓고 둘러앉아 맛있는 점심을 먹으면서 오붓한 시간을 보냈다.

"엄마, 아빠, 이모! 맘마 조."

이모는 주먹밥을 먹여주면서 말을 가르친다.

"집에서 아이들하고 놀기는 하지만 좁은 곳에서 생활하다가 밖에 나오니 답답한 가슴이 시원하게 트이는 것 같구나."

"처제가 있으니까 당신이 좀 편해진다는 느낌이 들지 않아?"

"퇴근하면 그냥 오는 게 아니라 돌아다니다가 늦게 들어와요. 그래도 한 두 시간 아이들과 놀아주면 좀 쉴 수 있는 시간이 있어서 좋아요."

"언니는 그런 자유도 없이 어떻게 살아. 서울구경하고 다니지."

날씨는 더워져 반팔 입은 사람들이 눈에 뜨이고 시원한 바람이 한 바퀴 불어와 여름으로 들어갈 기세이다.

무더웠던 하루, 꽃잎은 지고 그 자리에 파란 이파리가 짙게 그늘을 만들어 아직은 시원하긴 한데 밤에는 비가 내렸다.

단비가 밤새 소리 없이 대지를 적시듯 더웠던 시간을 또 갈망했던 꿈에 대에 잘 자라는 고마운 물을 흡수한다. 그리고 더 짙은 녹색으로 우거져 젊음을 노래하며 꿈의 나래를 펼친다. 어느 사이 봄이 가고 여름이 오는가 싶더니 비가 많이 오고 태양볕이 강렬한 계절이 금새가고 가을이 왔다.

옆집에는 몇 평이 되어 보이는 조그마한 텃밭이 있었다. 호박과 오이, 넝쿨사이로 열매가 매달려 있고 가지, 상추, 방울도마도, 풋고추가 열려있어 마음이 푸근했다.

주인집 아주머니가 애기엄마 시장에 가지 말고 따서 먹으라는 말에 너무 고마워 가끔 따다가 반찬 해먹는다. 이런 정서가 있어 나의 글쓰기는 잘 풀려 경제적인 도움이 되어 윤택한 살림으로 탈바꿈한다.

뜨락에 과일 익어가는 향기가 물씬 풍긴다. 어디선가 가을바람에 들국화와 가을꽃의 향기도 묻어서 흩날린다. 아이들의 웃음소리에 가을은 점점 깊어만 간다.

작은 아이 첫돌에는 온 가족이 외식하는 것으로 결정하여 모처럼 모여서 즐거운 한 때를 보냈었다. 아이들의 떠드는 소리, 어른들의 말소리가 뒤범벅이 되어 날마다 사람 사는 것처럼 호흡하며 지낸다.

가을하늘을 바라볼 시간의 여유도 없이 눈코 뜰 새 없이 바쁘게 하루가 지나가 버린다. 아이들이 아픈데 없이 무럭무럭 잘 자라주는 게 고마웠다. 집이 좁아 밖에 유모차 태우고 나가는 것을 좋아한다.

나는 포도나무요, 너희는 가지다. 내 안에 머무르고 나도 그 안에 머무르는 사람은 많은 열매를 맺는다. 너희는 나 없이 아무것도 하지 못한다.

주님 안에 머물러 있다는 것은 무엇보다 주님의 말씀을 듣고 새기며 기도생활에 충실함을 의미한다. 그리고 생활의 실천으로 성령의 열매를 맺어야 비로소 주님 안에 머물게 된다.

　말과 혀로 사랑하지 말고 행동으로 진리 안에서 사랑해야 한다. 우리는 주님이 우리를 사랑하신 것처럼 우리도 서로 사랑하고 가난하고 소외 받는 이들을 사랑으로 돌봐야 한다. 그러면 우리는 주님 안에 머무르게 되고 그리스도와 하나가 되어 풍성한 열매를 맺을 수 있게 될 것이다.

　도시의 가로수에도 단풍이 곱게 물이 들어있었다.

　놀이터에서 아이들이 노는 모습을 벤치에 앉아 바라보고 있는데 이름도 얼굴도 알 수 없는 사람들이 오고가고 생활에 찌든 표정에 연민의 정이 흐른다.

　노란 은행잎을 주워 고은이가 엄마에게 가져다준다. 은행잎 단풍잎으로 놀다가 유모차를 밀며 집으로 향한다. 아이들은 방안에 들어와 장난감으로 노는 것을 보며 우리가족이 먹을 음식을 요리하기 시작한다. 이렇게 하루 이틀 시간은 흐른다.

8. 흩어지다

어느덧 계절은 12월의 문턱을 넘고 추워 가는데 서민들은 높은 물가로 겨우살이가 힘들 수밖에 없는 현실이 안타까웠다. 경제성장을 했지만 춥고 배고픈 사람은 여전히 많이 있었다.

나는 비바람이 불어도 거센 눈보라가 치더라도 함께 가야 할 겨레가 있기에 용기를 내어 이 길을 선택했다.

가지가 많은 나무에 바람 잘날 없이 마구 흔들린다. 거리마다 상점에서 흘러나오는 캐럴송에 흥겨운 분위이다. 창밖을 보라 창밖을 보라 흰눈이 내린다.

노랫말처럼 을씨년스런 잿빛 하늘에 눈이라도 내릴 것 같은 날씨인데 자선냄비의 은종소리는 은은하게 울려 퍼진다.

성당마당 한쪽에 구유(말에 먹이를 담아주는 큰 그릇) 안에 태어난 아기예수님이 누워있는 마구간이 만들어져 있었다. 그 옆에 크리스마스트리가 세워져 반짝반짝 전구가 빛을 내고 하늘에서 내려온 천사가 축하해주는 장면이 감명 깊게 마음속에 파고들었다. 믿는 사람이나 믿지 않는 사람이든 세계 사람들은 크리스마스를 명절과 같은 좋은 날이라고 축하하는 의미가 오랫동안 전통으로 이어져 내려왔다.

현실이 힘이 들어도 좋은 날에 맛있는 음식 먹으며 즐기고 싶은 가족, 이웃, 친구들과 부대끼며 살고 싶다.

메리 크리스마스에 이어 연말을 조용한 가운데 보내고 맞이한다.

수출을 많이 해 대기업에서는 성과금이라며 보너스를 많이 타가는데 중소기업에서는 적자라며 엄살을 떨며 떡값으로 약간의 선물과 돈을 지급한다. 그렇지만 돈을 적게 준다고 해도 남의 것을 욕심내지 않고 노력한 것만 바라보며 죄를 짓지 않고 그 안에서 열심히 살아가는 말하자면 법 없이도 사는 우리 남편, 착한 삶의 신조를 사랑으로 감싸안으며 존경한다.

해가 바뀌어 대망의 새해가 밝아와 신정휴일이 되었다. 가장 추운 겨울의 한가운데에서 아이들의 자라는 모습을 보면 웃는 얼굴에 또 다른 꿈과 희망을 심는다.

나이를 먹는다는 의미를 뜻하는 떡국을 끓여서 한두 가지 나물과 개운한 김치에 상을 차려서 가족이 꿈을 먹는다.

우리아이들이 성인이 됐을 때는 무덤까지 보장받고 잘 살기를 기원해 본다.

이런 세상을 만들기 위해서는 모든 국민들이 자기가 맡은 일에 충실히하고 특히 부정부패가 없는 사회가 되어야 한다는 것이다.

"여보, 덕재가 사고가 난 뒤 감옥에 갈 수 없어 피해자를 보상해주었대. 6개월간 피해자 자식을 만나서 돈이 없어 전세금은 지금 살아야 되니까 빼줄 수 없다하고 그동안 모아놓은 돈을 전부

보상금으로 해 주었대."

"너무 안됐어요. 어떻게 지낸대요."

"경제적으로 큰 타격을 받아 이혼했대, 얼마 전에."

"아이는 어떻게 했대요?"

"아이는 누님 집에 맡겼다나봐."

"이혼하면 어른들보다 아이가 더 고생이 많지, 안쓰러워요."

너무나 마음이 아픈 이야기를 듣고 힘든 시간을 보내고 있는 친구를 전셋집에 살고 여유가 없기 때문에 도와줄 수 없는 상황이 안타까웠다.

열심히 일하며 살다가 조금 즐겼을 뿐 잘못하지 않았는데 이런 불행이 닥쳐올 줄 아무도 몰라 더욱 놀랐다. 살면서 이런 일은 생기지 않아야 하는데 남의 일 같지 않고 나에게도 일어날 줄 모른다는 생각에 만나지도 않고 나 살기에 바쁘다는 이유로 서로 외면하는 것 같았다.

자기에게 이익이 되면 만나고 손해가 되면 만나지 않는 사회친구들은 냉혹한 현실에서 살아남기 위한 수단이었다.

눈이 내려서 얼었다 녹았다를 반복하더니 겨울 어느 날 김덕재 씨가 조그마한 트럭에 과일을 실고와 사달라고 하였다. 남편은 회사에 출근하고 집에 없는 평일날 아이들에게 동화책을 읽어주고 있는데 밖에서 소란스러워 나와 보았다.

"날씨가 풀리기는 했는데 무슨 일이에요."

"나 회사 그만두고 누나가 과수원 하는데 아이도 혼자서 키울 수가 없고 해서 누나네 집에서 같이 살아요. 사과가 맛이 좋은데 많이 좀 팔아주세요."

"그래요. 일단 들어와서 커피 한 잔하세요."

물을 올려놓고 스푼으로 커피를 타 물이 끓자 컵에 따랐다. 커피를 한 모금씩 마시고 나서

"운전면허증은 땄어요? 걱정이 돼서 물어보는 거예요."

"예, 땄어요. 오토바이도 물론 땄구요. 그때는 재수가 없어서… 지금은 운전을 잘할 수 있는데 후회해보았자 그때가 오지 않아요."

나는 여러 말 하지 않았다. 남의 말을 귀담아들을 사람이 아니고 도와주지 않는다는 원망이 마음속에 있는 것 같았다. 우리가 사는 빌라 일층사람에게 사과 한 박스 사라고 권하자 다른 사람은 사지 않았고 그 사람과 우리 이렇게 두 박스를 팔았다.

그 뒤에는 서로 연락이 끊어졌고 지금은 어떻게 사는지 관심을 두지 않았다. 간혹 그의 딸은 어떻게 되었을까 한 번 정도는 생각이 났지만 우리 사는 것이 바빠서 언젠가 만나야지 그렇게까지 친하고 싶은 생각은 없었다.

나는 여전히 세상풍파 헤쳐나갈 방법으로 글쓰기에 매달려 윤택한 생활을 가꾸어 가는데 여념이 없었다.

아이들과 재미있게 놀면서 옛날 내가 어렸을 때처럼 한글 기역, 니은, 디귿, 가갸, 거겨, 고교, 구규, 그기 자음 열 네자 모음 열자를 입에서 오르내리게 자연스럽게 습득할 수 있게 가르치고 있다. 둘이서 손꼽놀이도 하고 자동차를 붕붕타고 인형놀이하면서 옆집에 아이들이 놀러와 자기들만의 사회놀이를 익히는 연습을 한다. 나는 잠시 짬이나 휴식의 시간으로 커피를 마신다.

사고가 난 뒤 친구들의 모임이 없었는데 임헌구씨 부인과는 만

나서 가끔 놀기도 하고 점심을 같이 해서 먹기도 하였다.

　지금은 만나지 않는데 작년가을이 될 무렵 다투었다. 고은이와 혜은이 진송이가 올망졸망 방에 앉아서 놀고 있었다. 임현구씨 집이었는데 엄마들은 거실에서 수다를 떨었다. 고은이가 한쪽에 있는 전화를 들고 방바닥에 던져버렸다. 문제가 전화가 먹통이 되어 고쳐야 할 상황이었다.

　"형편도 어려운데 전화기를 고장내면 어떻게 해. 고은이 엄마가 물어내."

　"얘들이 놀다가 그랬는데 물어내라고까지 하는거야, 진송이 엄마."

　"아무리 아는 사람이라도 그냥 넘어갈 수는 없으니 물어내."

　얘들이 놀다가 어른들까지 싸우게 되어 서로 기분이 상했다.

　옆집에서 전화를 해서 아저씨가 와서 고쳐 놓았다. 어쩔 수 없어 가지고 있었던 돈으로 출장비를 계산하였다. 서민들이 살아가는데 고고하고 우아하게 품위를 유지하면서 사는 게 아니다. 때로는 얼마 안 되는 금전에 다투기도 하는 서민들의 애환이 묻어나는 게 현실이었다.

　나는 아이들을 유모차에 태우고 집으로 행해 빠른 걸음으로 돌아와 버렸다. 집에 와서 아이들이 장난감을 찾아 놀고 나는 그 옆에서 보고 앉아 있는데 곧바로 따라왔는지 현관문을 두드렸다.

　"나야, 고은이 엄마."

　"왜 왔어. 그렇게까지 다퉜는데 무슨 말 하려고 왔어."

　그래도 찾아온 손님이니 들어오라고 하고서 이왕에 왔으니 커피라도 마시고 가라고 커피 물을 올려놓았다.

따끈한 커피를 타서 한 모금 마신 뒤

"작년에 월급이 적어 월급 많이 주는 회사로 옮겼어. 아빠가 부평으로 출퇴근하는데 시간이 많이 걸려, 이사를 가야 할 것 같아."

"그래서 정 떼려고 싸운 거야?"

"돈이 너무 없어서… 미안해."

"회사를 옮기면서 한두 달 출근을 못해서, 그래 이해할 수 있어, 힘들면 이사가. 잡지 않으니까."

"나 시골 친정집에 가 못 볼 거야, 도움 좀 받으러."

그리고는 아무런 소식을 알 수가 없었다. 두 돌이 지난 세 살된 진송이와 친정에 간다고 말한 뒤 몇 달이 지났었다. 나는 여전히 일상이 바쁘게 흘러갔다.

봄이 오려는지 눈 녹는 소리가 경쾌하게 들려오는 것 같았다. 아이들이 피곤했는지 낮잠을 자고 있었는데 전화벨이 울렸다.

"여보세요."

"고은이 엄마, 나 진송이 엄마여요."

"우리 저층 아파트 사서 이사했어요."

"정말? 아직 신혼이나 같을 텐데 어떻게 샀어."

"친정아버지 이름으로 농협에서 대출 받았어."

"그랬구나, 축하해. 좋겠다. 몇 평이야?"

"방이 세 개인데 24평, 세대수가 적어 다른데 보다 싸. 정리를 하고 집들이 하니까 부평으로 와요."

"예, 그래요."

친구들은 자기 살길 찾아 뿔뿔이 흩어져 헤어지게 되었다. 그래도 집을 사서 좋은 일로 이사가니 참 다행한 일이구나 하고 생각했었다.

꽁꽁 언 날개를 가다듬은 새싹이 겨울의 추위에서 깨어난 것에 감사하며 넓은 세상으로의 날개짓을 준비하기 시작한다. 초록의 잎싹과 알록달록한 꽃잎으로 뒤덮인 눈앞은 무엇인가. 시작하는 이들에게는 가장 따뜻한 동반자이며 새로운 것을 희망하던 이에게는 큰 용기가 되는 것 같았다.

어느새 살을 찢어내고 잎을 낸 나무들부터 오랜시간 변화의 과정을 거쳐 세상으로 나오는 풀벌레까지 고통을 이겨낸 뒤에도 때를 잊지 않고 반복되는 자연이 풍경이 참 신기하다는 생각을 한다. 세상에서 말하는 자연의 섭리라는 것이 피부로 와 닿는 순간이기도 하다. 이처럼 새롭게 다가오는 봄은 새로운 곳으로 달려나가 새로이 감사할 일들을 만날 것임을 이야기 한다.

지난날을 돌이켜보면 많은 사랑을 받아온 만큼 언제나 감사하는 삶을 위해 노력해야 한다고 생각해 본다. 또 가정의 달인데 올망졸망한 자식 둘을 남겨둔 채 세상을 하직해야 한다면 부모심정이 어떨까 상상해 본다. 모쪼록 어린 자식이 건강하게 자라나 사람노릇하면서 행복하게 살기를 간절히 원할 것이다.

나는 자식을 애지중지하면서 자식이 그런 부모의 마음을 잊지 않기를 바란다. 부모로부터 받은 사랑의 보살핌은 인생여정에서 만나게 될 갖가지 어려움을 이겨내는데 큰 힘이 되기 때문이다. 자식들이 누리는 기쁨은 부모의 기쁨이고 그들이 겪는 고통은 부모의 고통이다. 나는 어떻게 되든 자식들이 서로 화목하면서 행복하게 지내기를 언제나 기도한다.

예수님은 당신의 사랑이 제자들 마음에 씨를 뿌려져 삶에서 풍성한 열매를 맺기 원하신다.

제자들이 스승의 마음을 알고 서로의 부족함을 견뎌주고 허물을 덮어주는 그러한 사람이 되기를 또 원하신다.

사랑이신 하느님을 세상에 증거하기위해 우리가 서로 사랑하기를 바라시는 것이다. 당신의 외아들마저 아낌없이 내어주신 하느님의 사랑을 닮고자 노력할 때 우리의 마음에 기쁨이 충만하고 서로의 평화를 누리게 될 터이니 우리 서로 사랑하도록 하자.

어떤 젊은 사람이 폐지를 줍고 있는 할머니를 보자 갑자기 그분에게 달려갔다. 특별한 이유가 없는데 따뜻하게 점심이라도 드시라며 주머니에서 돈을 꺼내 할머니 손에 쥐여 주는 것을 보았다. 마음속에 담은 순수한 사랑을 용기 있게 실천하는 사랑의 사람이라는 생각이 들었다. 길가다 모르는 이를 도와준 일이 언제였던가. 자신에게 이익이 안 되면 부모마저도 매몰차게 대하는 각박한 세상 속에서 아직도 그런 젊은이가 있다는 사실에 마음이 따뜻해진다. 사랑은 거창한 구호가 아니라 일상에서 소박하게 실천되는 구체적인 행동이란 사실이 다시 느껴진다.

나는 카톨릭 신자로서 성부와 성자, 인간에 대한 사랑의 성령께서 우리와 함께 하신다는 것으로 생각된다. 얼마나 마음이 든든하고 힘이 나는지 모른다. 삼위일체의 신비는 머리로 이해되는 것이 아니라 사랑을 실천함으로써 깨닫게 되는 체험의 진리인 것 같다. 즉, 우리가 하느님께서 가르쳐주신 사랑을 몸소 실천함으로써 사랑의 능력과 본질을 깨닫게 되는 것이다.

우리도 삼위일체 하느님과 일치하기 위해서는 사랑을 하고 그 사랑을 실천해야 한다. 그렇게 하면 사랑의 신비는 곧 현실이 되고 우리의 삶이 될 것이다.

어느새 봄인가 싶더니 여름이 가고 가을이 우리 곁에 왔다. 날씨가 열기가 가시고 시원한 바람이 불어 촉감이 부드러워 기분을 좋게하는 엔도르핀이 나온다.

놀이터 한쪽에 큰 나무가 그늘이 져 아래서 아이들이 모래로 놀이를 하는데 나는 벤치에 앉아 가만히 시집을 읽는다.

큰아이 고은이가 네 살, 작은아이 혜은이가 세 살, 이젠 제법 말귀도 알아듣고 말을 잘 한다.

가을하늘가에 고추잠자리가 맴을 돈다. 아이들이 잡으려고 따라다니는데 재미가 있는지 계속 손으로 휘젓는다. 한참 놀다가 둘이서 유모차를 타고 집으로 돌아간다.

우유를 따라서 한컵씩 마셔라하고 나는 저녁준비를 한다. 조그마한 소시지를 칼집을 내어 뜨거운 물에 살짝 데쳐내어 어묵을 잘라 넣고 양념을 한 뒤 약간의 기름을 두르고 볶아냈다. 계란말이, 멸치볶음, 김치 등을 상에 차리고 전자밥솥에 한 밥을 퍼서 놓았다.

아빠는 잔업을 하고 이모는 보충수업을 한다고 저녁은 해결하고 퇴근을 늦게 하니 셋이서 조촐한 밥상 앞에 앉았다. 애들이 배가 고팠던지 밥을 맛있게 먹는다.

저녁 아홉시가 되자 집에 모두 모여 뉴스를 보고 있다. 하루 있었던 이야기를 하면 아빠와 아이들이 재미있어서 하하 호호 웃으며 하루를 마감한다.

모두가 잠을 자고 조용한 밤 혼자 깨어서 글쓰기를 한다. 한 두 시간 신명나게 글을 완성한 뒤 나도 애들 옆에서 쓰러져 잠을 이룬다.

밖은 겨울을 재촉하는 듯 바람이 불어 윙윙 소리가 난다. 간밤에 잠을 잘 잔 듯 아침에 일어나 아빠의 밥을 차리고 출근준비를 돕는다.

중부지방의 초겨울에는 눈이 많이 오고 얼음이 꽁꽁 언 날이 한겨울보다 많이 이어진다.

우리나라는 사계절이 뚜렷한 살기 좋은 나라이다. 그러나 긴 여름과 긴 겨울 짧은 봄가을로 변화되었다. 추운 겨울에는 높은 물가로 서민들이 살기가 힘이 든다. 예년처럼 크리스마스가 다가와 지나다니는 사람들은 들뜬 마음으로 발걸음이 가볍다.

역시 좋은 날에는 맛있는 음식, 먹는 것을 우리아이들도 좋아한다. 유모차를 밀고서 이것저것을 사고 시장 옆 피자가게와 빵집에서 피자 한 판과 케익도 샀다.

자주 먹는 것은 아인데 오늘 만큼은 우리가족이 즐기고 싶었다. 김밥을 싸는데 참기름의 고소한 냄새가 집안에 가득했다. 아빠가 장난감 소꿉놀이 조그마한 살림살이를 선물로 사가지고 퇴근을 했다.

"아빠, 고맙습니다."

아이들이 호기심어린 눈으로 좋아하면서 선물을 뜯는다. 아빠가 말없이 웃는다.

"얘들아, 그만 한쪽에 나둬. 밥 먹고 놀자."

"예, 아빠."

동그란 상에 김밥, 피자, 케이크, 과일을 올려놓고 촛불하나를

켰다. 모두 둘러앉아 해피크리스마스 예수님 생일축하 노래를 불렀다. 아이들이 촛불을 입으로 불어 끄자 아빠가 폭죽을 터뜨렸다. 그러고 나서 나는 아빠부터 접시에 피자 한쪽 김밥을 덜어 드리고 아이들도 음식을 담은 접시를 앞에 놓고 먹기 시작했다. 만족할 만큼 먹고 배가 부른지 더 이상 먹지 않고 소꿉놀이를 갖고 논다. 이렇게 크리스마스이브의 밤은 깊어만 간다. 내일은 휴일이라 늦잠을 잘 수가 있어 가족이 함께 할 수 있는 행복을 밤이 늦도록 즐기며 꿈나라로 향했다.

영하 10도 이하로 떨어지는 강추위가 몇 번 왔다가고 봄이 온다고 소식을 알리는 2월이 왔다. 엊그제 양력설이라고 신정이었는데 벌써 음력설 고유의 명절인 구정이 다가온다.

가슴 아픈 사정이 있어 명절이 되어도 고향에를 가지 못해 친정엄마가 아이들을 위해 맛있는 음식과 재료를 가지고 올라와 요리를 해 주신다. 이번에도 시댁에 가지 않는데 친정으로 명절새러갔다고 말이 들어가면 계모시어머니가 더 시집살이를 시킨다고 엄마가 딸을 위해 명절때 먹을 음식을 많이 해주시고 내려가셨다. 푸짐한 음식을 나누어 먹자고 구정뒷날 임헌구씨가 전화로 안부를 묻자 온다고 했다. 좀 시간이 지나고 점심때가 되자 도착했다.

"이게 얼마만이냐. 잘 지냈냐. 회사는 잘 돌아가고?"

"그럼 먹고 사는 것이 바빠서 연락을 못했다."

"진송이 엄마, 집이 넓으니까 살기 좋아?"

"응, 좋긴 좋은데 대출이 너무 많아 힘들어."

"이젠 멀기고 하고 앞으로는 못 올 수도 있어. 진송이 엄마도 진송이 유치원 보내고 아르바이트로 일 나갈거야."

"그래, 일단 왔으니 밥 먹자."

밥을 먹은 후 아이들은 아이들끼리 소꿉놀이하며 놀자 어른들도 옆에서 차를 마시며 여러 가지 이야기하며 보냈다. 그 후로 친구들은 만나지 못하게 되고 각자 자기들 돈 버는데 힘을 쏟는 시간 때문에 바쁘게 인생을 살아갔다.

구정이 지나고 봄이 오려나하고 생각했는데 또 추위가 왔다.

예수님께서는 하느님께서 원하시는 가족의 참된 모습을 일깨워주신다. 즉 하느님과 일치하기 위해서 함께 모은 마음과 용서하는 마음을 지니는 것이다. 우리가 할 수 있는 것은 마음으로써 가난한 가운데 편히 쉬며 위대한 선물을 받을 수 있게 모든 욕심을 멀리 하는 것이다.

사람들 속에서 사람들과 함께 사는 것 때문에 매일 내 안의 곳간에서 사랑을 야금야금 꺼내 쓰고 있다. 나의 곳간은 화수분이 아니라고 곳간이 빈다 싶으면 어서 가 채워야 한다. 그러기 위해 기도도 하고 미사도 드리고 성체도 모셔야 한다. 자칫하면 곳간 비는 줄 모르기 때문에 끊임없이 곳간 확인도 해야 한다.

그렇지 않으면 다른 이에게 나누어 줄 사랑이 없다. 우리 삶의 중심을 하느님으로 삼을 때만 모든 것이 올바르고 온전한 상태로 돌아간다는 사실이 명확하다는 진실이다.

대동강 물이 풀린다는 우수와 개구리가 잠에서 깨어난다는 경칩이 지나고도 꽃샘추위가 찾아왔다. 그러나 추운 날이 있으면 따뜻하고 활동하기에 편한 봄날도 있어 우리와 호흡하면서 계절이 바뀐다.

9. 민주화

좋은 일을 한다고 해서 항상 모두의 환영을 받는 것은 아니다. 반대하고 트집 잡고 방해하는 사람이 꼭 나타난다. 예수님의 경우도 그러했었다.

그분은 하느님의 나라를 선포하시면서 모든 사람들, 특히 버려지고 내쳐진 자들을 자비로운 하느님의 품안에 모여들이려고 많은 일을 하고 무진 애를 쓰셨다. 하지만 예수님을 오해하고 심지어는 악의적으로 비난하는 사람들도 생겨났었다. 예수님의 친척들은 그분이 미쳤다고 여기면서 붙잡으러 왔고 백성의 지도자들은 예수님을 미워하다 못해 두목이라고 모함하기까지 했었다.

오늘의 말씀은 '저절로 자라는 씨앗과 겨자씨의 비유'를 잠시 묵상하면서 생각해 보았다. 농부가 뿌려놓은 씨앗이 우리가 의식하지 못하는 사이에 싹이 트고 자라 열매를 맺는다. 하느님의 좋은 나라도 우리가 알지 못하는 사이 서서히 확장이 된다. 겨자씨는 세상에서 가장 작은 씨앗이지만 다 자라면 온갖 새들이 날아와 깃들 수 있는 큰 나무가 된다.

하느님의 나라도 시작은 미미하지만 그 끝은 크고 장대하다. 그러니까 실망하지 않고 희망을 가져본다.

예수님은 비유말씀을 통해 나의 흔들리는 마음을 잡아주고 하느님에 대한 굳건한 믿음으로 희망을 갖도록 이끌어 주신다. 하느님은 아무 것도 없는 무에서 세상만물을 창조하신 능력의 주님이시다.

한번 시작하시는 일은 반드시 결실을 맺으신다. 그렇지만 결실의 때와 방법은 하느님께 달려있다. 나는 눈앞의 현실이 실망스럽다고 해서 낙담하지 않는다. 믿고 희망하며 묵묵히 사랑의 씨를 뿌려본다.

하느님은 내가 내민 시간표가 아니라 그분의 시간표에 따라 풍성한 열매를 거두게 하고 많은 은혜를 내려주신다고 믿는다.

세상은 가지가지 꽃들이 만발하여 꽃향기에 벌과 나비들이 날아드는 공원에 아이들과 나와서 산책한다. 예년처럼 짙은 초록으로 시원한 바람 기분 좋은 훈풍으로 지나가는 사람들의 발걸음을 가볍게 한다.

지금은 김영삼대통령의 임기 2년이 지나고 3년을 향해가고 있다. 작년 금융실명제를 실시한 후 검은돈 비자금을 추적하고 있는 중이다.

광주사태가 일어난 지 15년째인데 데모를 막기 위해 뿌연 매스꺼운 최루탄을 터트리고 독재를 연장시키는 매개체가 되었다. 그런데 올해에는 데모를 자제하고 최루탄 냄새가 나지 않았다. 나는 그때 운동권학생이었는데 두 아이 엄마로 전업주부이다. 신경을 곤두세우고 무엇을 하는지 지켜보는 조용한 분위기였다.

고은이가 다섯 살, 혜은이가 네 살인데 놀이방에 보내지 않았다. 엄마와 자매간의 정, 우애를 잘하는 사이좋은 언니동생으로 추억을 새기는 전인교육으로 키우고 싶어서이다.

　인간이 지닌 모든 자질을 조화롭게 발달시키는데 목적이 있었다. 첫째는 무엇보다 건강하게 자라기를 기도했다.

　광주사태 진상규명이 이루어지면 나는 무엇을 해야 하는가. 지금은 무엇을 꿈꾸며 해야 할 일은 무엇인가.

　아이들이 노는 옆 벤치에 걸터앉아 무심코 생각에 잠겼다.

　"엄마, 집에 가자. 다 놀았어."

　"그래, 고은아 혜은아. 유모차 타고 집에 가자."

　"엄마, 내가 먼저 탈래."

　튼튼한 유모차가 아직까지는 쓸모가 있었다. 먼 길을 걸어서 집으로 돌아가다 서점에 들려 새로 나온 책을 제목만 훑어보고 눈으로만 둘러본다. 언제나 외출하면 습관처럼 해온 행동이라 익숙해져 자연스럽다. 항상 아이들과 놀아주고 집안일과 글쓰기를 하면서 하루가 바삐 지나간다.

　서울수도권에서는 잘 돌아다녔다.

　벌써 날씨가 더워지자 장마가 끝나면 휴가가 있다고 어느정도 아이들이 자랐으니 며칠 자고 올 수 있는 외갓집에 다녀오자고 했다. 그래도 친정이 제일 편한 곳이었다.

　장마전선이 형성되어 비바람이 거세게 불고 주룩주룩 비가 이삼일씩 계속 내리다가 소강상태가 있기를 반복하며 계속되었다. 거의 장마철에 내린 비로 일 년을 쓸 수 있는 물이 저장된다. 휴가가 있는 7월 고등학교 선생인 이모는 방학을 해서 친구들 만난다고 일주일 전에 광주에 내려갔다.

드디어 휴가를 받아 시골로 떠날 준비를 한다.

여행용 가방에 옷을 챙기고 가면서 먹을 간식물 등을 샀다. 그 다음날 준비물을 승용차에 실고 가족이 모두 타고서 안전벨트를 맨뒤 아이들이 '출발'하고 외치자 아빠가 운전을 하기위해 맨손체조를 잠시하고 광주로 향했다. 음악이 흘러나오고 아이들이 부를 수 있는 노래는 따라 부르기도 하면서 흥겨운 분위기에 마음이 들떠 있었다. 창밖의 풍경은 짙은 녹색으로 넓은 산과 들에는 간혹 모자를 쓰고 들일하는 농부들의 모습이 시야에 들어온다. 푹푹 찌는 듯한 더위는 알곡이 익어가기 위한 온도를 제공하는 자연의 섭리를 체험하고 느껴보는 순간이었다. 중간만큼 와서 휴게소에 들려 볼일을 보고 맛있는 간식을 먹은 뒤 다시 달려 광주에 도착했다. 그동안 몇 번 왔다가곤 했지만 이제 아이들과 온 가족이 휴가를 보내기위해 고향을 찾아오니 많이 변해있는 모습이다. 단숨에 집 앞까지 가서 멈춰 섰다. 대문이 활짝 열려있었다.

"내 새끼들 왔는가."

할머니가 고은이 혜은이를 와락 끌어안는다. 거실에 온 식구들이 모여 어른들 아이들 소리가 왁자지껄 정신이 없을 정도로 요란스러웠다.

"이모, 왜 먼저 왔어. 같이 오지."

"미경아, 상 펴라. 배고프겠다. 밥 먹자."

"예, 고은아. 이리 좀 나와. 상이 크니까."

장모님의 손맛으로 푸짐한 음식이 한상 가득 나왔다.

"박서방, 많이 먹게. 오느라고 수고했네. 이럴 때 온 가족이 모이지 언제 만나겠나. 식구가 모두 자네 휴가에 맞추었네."

"예, 어머님. 어머니가 해준 것은 다 맛있어요. 잘 먹겠습니다. 아버님 반주로 한잔 하시죠."

"자네도 한잔 하게."

"처남들도 한잔씩 받지."

주거니 받거니 하면서 맛있는 음식을 배부르게 많이 먹었다. 음식을 다 먹고 커피와 수박을 후식으로 먹은 후 한참 이야기를 나누자 시원한 바람이 부는 저녁이 되었다.

5.18 공원으로 운동가자고 동생들이 말을 했다. 상무대를 장성으로 옮기고 아파트와 공원쉼터를 만들어 놓았다고 구경 가기로 했다. 술을 마셔 갈 때는 버스를 타고 올 때는 택시를 타기로 했다. 좀 떨어진 거리라 승용차는 두고 갔다.

깨끗하게 잘 다듬어진 넓은 공원이 시야에 들어왔다. 더운 날씨인데 이 곳은 해만 떨어지면 더위를 식혀주는 바람이 부는 시민들이 쉴 수 있는 좋은 공간으로 변해있었다. 주위에 아이들까지 일곱이 앉아서 여러 가지 이야기를 했다.

"누나, 사귀는 여자가 있어. 미경이 친구인데 형도 미경이 친구하고 사귀고 있는 중이야."

"그래, 그러면 빨리 결혼해. 아버지 정년퇴직하기 전에 해야지 손님들도 많이 오지."

"이번 겨울에 결혼식 올리려고 해."

"그래, 처남들. 부모님 부담을 덜어드려야지."

"오빠들 내 친구들하고 잘 되면 나한테 잘해야 돼."

밤이 어두워지자 별이 무더기로 많이 보였다. 기분 좋은 밤공기를 많이 마시면서 오순도순 여러 가지 대화를 나는 사이 밤이 깊어지자 고은이 혜은이가 피곤했던지 잠이 들었다. 잠든 아이들을 업고서 친정집에 돌아와 내방에서 네 식구가 꿀맛 같은 단잠을 이루었다.

그리고 1995년 가을이 되었다.

더운 열기가 가신 기분 좋은 가을바람이 흩날린다. 그렇게 가을이 깊어 가는데 김영삼대통령의 금융실명제에 이어 검은 돈이 밝혀졌다. 2,000억 넘게 전두환 노태우의 비자금이 축척이 되어 사회악으로 존재하고 있었다. 그러면서 광주사태가 일어난 지 15년 만에 미완성으로 광주사태 진상규명이 이루어졌다. 전두환 노태우가 소환이 되고 곧 감옥에 들어가게 되었다.

광주사태가 밝혀지고 부상당한 사람과 희생된 사람들의 가족은 보상을 받았지만 사체가 없어서 보상을 받지 못한 유가족들이 많이 있어서 안타까웠다.

정부는 미완성으로 밝힌 5.18광주사태를 이제는 좀 더 진실하게 사과할 수는 없는 것인가.

너무나 많은 세월이 흘렀지만 무엇을 숨기려고 애쓰며 침묵을 지키고 있는지 나는 알 수가 없었다. 처음에 광주사태에 총을 쏘라고 명령한 자는 누구인지? 희생자 및 실종자 부상자는 몇 명인지? 그 당시 군인들은 어떻게 동원되었는지?

한동안 시끄럽고 뒤숭숭한 한 해가 다해가는데 나는 청탁이 많이 들어와 글쓰기에 눈코 뜰 새 없이 바쁘게 보냈다.

아! 살다보니까 이런 날도 오는구나.

언론출판의 자유가 없어 국문과를 가지 않았는데 이제 시작해도 늦지 않다. 나이에 제한도 없고 여자로서 할 수 있는 일로는 제일 좋은 직업이고 아이들을 키우면서 할 수 있기에 더 애착이 갔다.

한편 두 남동생이 결혼한다고 준비중이라고 엄마가 전화를 해서 진행과정을 말해주었다.

큰 올케는 초등학교 선생님이고 작은 올케는 중학교 도서관 선생님 모두 맞벌이 한다고 엄마가 경사 났다면서 좋아하셨다. 우리나라 경제가 혼자 벌면 쪼달리고 둘이 벌면 조금 낫다는 집안 사정이라 대환영이었다.

큰동생은 1995년 12월 초 작은동생은 1996년 1월초에 결혼식을 올리기로 되어 있어 마음이 뿌듯하고 좋았다. 밖은 겨울바람이 세차게 불고 춥지만 마음은 훈훈한 난로불처럼 따뜻하고 좋은 새해가 되었다.

동생들 결혼식에 한 달 간격으로 두 번을 갔다 온 뒤 평온한 일상으로 돌아와 나의 일도 잘 풀리고 아이들도 건강하게 잘 자라 너무나 행복한 자유를 만끽하고 있었다. 남편의 회사도 수출이 잘되어 흑자를 남겨 예전보다 사정이 좋아졌다.

국민소득 만불시대 선진국에 진입한다고 자꾸 목청을 높이며 언론에서 들썩들썩 떠들어 댔다. 그러나 서민들의 생활은 변한 것이 없고 여전히 고생의 연속이었다. 월급이 조금 올랐을 뿐 집 장만, 아이들 교육시키는 것에 돈이 들어가는 것이 만만치 않고 살림살이는 매우 어려웠다. 그런데 회사에서 수출을 많이 해 빚도 다 갚고 여유가 있다면서 서민들이 자신의 돈으로는 해외여행을 할 수 없다는 것을 감안했던지 4박5일 태국으로 여행을 보내준다고 했다. 결혼한 지 6주년이 되어가는데 그동안 집안에 갇혀 아이들 키우는데 정신없이 시간을 보냈는데 부부만 오붓하게 휴가를 즐길 수가 있어 행복했다.

엄마와 이모에게 아이들을 봐달라고 부탁했다. 아이들은 엄마 아빠 따라간다고 수선을 떨었는데 선물사온다고 약속을 하고 새벽에 자는 틈을 봐서 공항으로 향했다.

1월달, 아직 건기여서 우리나라 초여름 날씨와 비슷하다고 여러 가지 준비물과 겨울옷과 여름옷을 준비해 이민가방에 챙겨 끌고 갔다. 서울에서 태국 방콕으로 바로 가는 비행기도 있지만 삯이 비싼 이유로 홍콩에서 갈아탔다.

구름 위를 올라 내려다보이는 창공은 북극빙하에서 눈으로 덮혀있는 풍경과도 같았다. 비행기에서 사뿐히 내리면 눈으로 쌓여있는 높은 산과도 같았고 아름다운 우주 눈의 나라를 잊을 수 없다.

태국은 눈이 내리지 않는 더운 여름의 나라인데 눈 같은 구름을 비행기 안에서 볼 수 있어 너무 인상적인 여행이었다.

꿈만 같은 휴가가 지나가고 지금은 현실로 돌아와 아이들과 재미있게 놀고 있다. 3월이 되면 둘 다 유치원에 입학하기 때문에 이제는 엄마와 노는 시간보다 한글과 숫자공부를 해야 된다.

마지막으로 겨울을 보내고 엄마 손잡고 언니 동생 나란히 친구들과 또래 문화를 배우기 위해 유치원에 다니게 되었다.

이 얼마만의 자유인가. 몇 시간을 나만을 위해 사용할 수 있는 이 순간을 얼마나 기다려왔는가. 나는 나의 재주를 갈고 닦아 프로로 인정받을 수 있는 유명한 작가로 거듭날 것이라고 마음속으로 다짐하였다.

만물이 소생하는 봄을 맞이해서 설레는 마음이 새롭게 다가오는 것은 자유의 몸으로 외출할 수 있는 여유 때문이다.

아이들이 엄마의 보살핌을 필요로 하는 시간은 한때이지 결혼을 하지 않고 육아의 행복을 모르는 사람은 이 기쁨을 맛보지 못한다. 열 달 동안 품어서 유치원까지만 길러놓으면 아이들을 위해서 희생한 것이 아니라 아이들로 인해 느끼는 행복은 무한하다고 말할 수 있다.

요람에서 무덤까지 행복한 생활을 할 수 있게 선진복지국가를 만드는 것이 우리가 추구하는 최고의 가치이다.

결혼을 하지 않는 처녀 총각이 많이 있는데 우리 집에서는 그것을 허용하지 않았다. 내가 데리고 있는 막내여동생 하나 남았는데 올해 스물여덟 살인데 사귀는 남자가 생겨 데이트한다고 말했다. 중매도 아니고 연애라고도 할 수 없는데 시아버지도 교직에 있어 초등학교 교장선생님이고 신랑감도 경희대 경영과를 나와 은행에 다니는 듬직한 사람이다. 결혼을 앞두고 우리 집에 인사를 하러왔다.

"안녕하십니까. 이상민입니다."

"어서 오세요. 그냥 오셔도 되는데 무엇을 사가지고 오십니까."

들고 온 과일바구니를 받으면서 처음으로 인사를 했다.

"나는 미경이 처제 형부되는 사람이네. 내가 형님되니 말을 놓겠네. 아랫사람이니 이해하시게."

"아, 괜찮습니다."

몇 가지 음식을 해서 초면인데 밥부터 먹었다.

엄마가 알로에 건강식품 판매하는데 교육받으러 다니면서 상민씨 엄마를 알게 되었다한다. 서로 사는 수준이 비슷하고 어머니들끼리 친하게 지내 사돈하자는 말이 나와 상민씨와 여동생이 인연이 되어 결혼까지 하게 되었다.

동생은 나와 같지 않아 은행에서 무이자로 집 장만할 때까지 대출을 받아 23평짜리 아파트 전세를 얻어 신혼집을 꾸미게 되었다.

우리 집은 2년에 동생들 셋을 결혼시켜 아버지 회갑이 되기 전 큰일을 다 치루어 엄마가 좋아하셨다. 그 후 온 가족이 평온한 가운데 일 년이 훌쩍 지났다.

아버지께서 호적 나이로 60세가 되어 33년간 공직에 근무하시다가 1997년 6월 정년퇴직을 하셨다.

김대중 대통령이 당선되는 해였는데 나는 신문에 기고한 글로써 선거운동을 한 셈이었다. 아버지도 밖에 돌아다니면서 나름대로 선거운동을 하셨다. 김대중 대통령은 할아버지와 항열이 같은 문중할아버지로서 매우 인연이 깊은 특별한 분이셨다. 내가 문학의 길로 가게 된 것도 든든한 할아버지가 버팀목이 되어 주셨기에 가능한 일이었다.

어느 사이 꽃피는 봄인가 싶더니 땡볕이 강하고 찜통 같은 더위가 한 순간에 물러가고 이어 이제는 마지막 잎새가 지는 만추가 조용히 떠나갔다.

한해가 가는 이 시점에서 우리 집은 아이들이 내년 3월에 큰 아이가 초등학교에 입학을 하는데 연년생 두 아이를 가르치려면 먼저 집을 사서 정착을 해야 한다고 아빠와 의논을 하였다. 시흥4

동 관악산을 깎아 줄지어 공기 좋은 곳에 아파트를 지어 완공을 했다. 그 동안 알뜰하게 살림을 한 결과 목돈을 모아 일부 돈이 부족한 것은 회사에서 퇴직금을 미리 정산을 해주어 크기가 중간 정도 딱 살기 좋은 평수를 살 수 있게 되었다. 올해의 겨울은 추어도 추운 줄 모르는 따뜻한 온기가 우리가정에 찾아와 훈훈한 열기 속에 바쁘게 일이 진행되었다.

다음해 2월 살기가 편하고 시설이 좋은 집으로 잔금을 치르고서 곧장 이사를 했다. 뒤에 산이 있어 공기가 맑아 건강에도 좋고 운동삼아 산을 오를 수 있지만 도시의 변두리라 집값은 비교적 싼 편이어서 서민들이 살기에는 좋은 곳이었다. 또 시내버스 종점이 가까이에 있어 교통이 비교적 편리하고 초등학교도 입주한 인구가 많아 새로 지어 문을 열었다. 우리는 이렇게 새봄이 오는 길목에 새집으로 입주를 했다.

민주화 과정은 투쟁하며 책임과 의무가 따른 자유를 위해 목숨까지 희생하는 그만한 가치가 있는 것이라고 생각한다. 그 결과 경제발전 위에 찬란하게 꽃을 피울 수 있는 때가 올 것이라는 믿음으로 열심히 살아갈 수 있다.

우리가정에도 봄과 같은 민주화가 이루어진 것처럼 내 집장만에 성공하여 행복한 날을 즐길 수 있었다.

거실 책상에 앉아 잠시 지난날 독재와 싸우던 시절이 생각났다. 가족을 책임지고 있는 사람들은 데모하다 잡혀가 감옥살이를 하면 가족이 먹고 살 수 없기 때문 생계를 책임지지 않는 대학생들이 앞에 나서서 민주주의를 위해 젊음을 불태웠었다.

그분들을 위해 지금 감사의 기도를 드린다. 참된 양식을 먹고 참된 음료를 마시는 사람은 당신 안에 영원히 머무른다.

사실 이 세상 그 어느 누구도 주님을 떠나서는 절대로 영원히 살 수 없다. 모든 생물이 그러하듯 인간도 생명을 보존하기 위하여 음식이 필요하다. 인간의 이와 같은 물질세계에 대한 의존은 근본적으로 인간이 오래 살지 못하는 비영구적인 존재라는 것을 알 수 있다.

음식 먹는 입이 있기에 음식을 먹고 싶은 마음이 나오고 소리를 듣는 귀가 있기에 소리를 듣고 싶은 마음이 있고 길이 사는 영혼이 있기에 길이 살고자 하는 마음이 있다.

미련한 사람이 아니라 주님 뜻을 깨달은 사람으로 살아야 한다고 생각해 본다.

우리의 삶은 내가 홀로 세운 계획도 있지만 오히려 누구의 부름에 대한 나의 응답으로 사는 경우가 종종 있다.

산들산들 부는 사람이 계절이 가을로 바뀌는 때라고 신호를 보내는 것 같아 피부에 닿는 느낌이 부드럽다.

지난 여름의 뜨거운 태양볕을 받고 알곡이 영글어서 익어가는 열매가 시장에 나와 입맛을 돋군다.

우리만의 공간에서 하루하루 아이들이 자라는 모습을 보며 좋은 시간을 추억으로 새길 수 있게 허락하신 하느님께 감사의 기도를 드렸다.

가을산은 채색되어 짙은 녹색의 변화를 위해 하늘에서 내려오는 햇살과 바람을 많이 받고 때를 기다리고 있었다. 나는 새들의 노랫소리를 감상하며 가만히 바위에 앉아 다람쥐가 먹이를 찾아 헤매는 모습을 바라보고 있다.

10. 빈부격차

내전을 겪은 우리나라는 '한강의 기적'이라는 말을 싫어하지만 무에서 유를 창조하는 슬기와 인내로 눈부신 발전을 하여 세계 속에 우뚝 웅장하게 대한민국을 세웠다. 그런데 잘사는 사람은 너무 잘 살고 못사는 사람은 너무 못사는 빈부의 격차가 심하다. 부자 나라에 가난한 사람이 많이 사는 그런 나라가 되었다.

어느 정도 골고루 잘사는 복지정책이 잘되어 있는 나라를 만들 것인가 하는 문제는 우리가 정치를 잘 할 수 있는 어떤 지도자를 잘 뽑아야 할 것인가에 달려있다.

너무나도 어렵게 사는 그들의 모습을 보고 우리의 조용한 도움의 손길이 아닌 밖으로 나가 여러 사람이 함께 하도록 알리는 손길을 전해야 한다고 느꼈다.

희망은 가난한 소망에서 이루어진다고 믿는다. 지구촌 곳곳에서도 피부와 언어는 달라도 우리와 같은 인성을 지닌 가난한 사람이 있다. 우리는 헌옷과 안 쓰는 물건 등을 모으기 시작했다. 우리가 쓰다 버리는 물건을 다시 팔아 돈을 모으는 일이다. 이 운동은 비록 어려운 이웃이라도 더 어려운 이웃을 도울 수 있는 방법이다. 그래서 가난한 이웃도 쉽게 물건을 구입할 수 있도록 저렴하게 내 놓았다. 가난한 이들도 더 어려운 이웃인 기아에 허덕이는 사람들은 도울 수 있도록 기회를 만들기 위해서다.

깨끗한 그리스도 향기를 전하는 가난한 소망이 진한 커피향기와 같이 피어오르고 있다. 오늘도 커피를 같이 마시며 물건을 가져와 모아주신 날개 없는 천사들에게 행복한 감사를 가득 드린다. 우리의 작은 나눔이 굶주림으로 꺼져가는 생명을 살릴 수 있다. 희망과 사랑, 우리는 나눔으로서 행복을 느낀다.

광주사태 진상규명이 이루어진 뒤 언론출판의 자유가 풀린 지 4년이 흘렀다. 나는 청탁을 받고 신문에 자유롭게 글을 써서 연재하고 있다. 뉴스에서 5.18 민주주의를 학생들에게 교육시킬 자료책자가 없다고 문학하는 사람이 나오기를 바라는 내용이 보도되었다. 나는 책을 가까이하고 글쓰기를 하면서 자연스럽게 출판사 편집부장님을 알게 되었다. 사장님이 문인협회 임원이라서 추천으로 등단하는 계기가 되어 나로서는 새롭게 문학을 시작할 수 있어 다행이었다. 그동안 남의 글만 써왔는데 내 이름이 적힌 책을 낼 수 있는 기회가 있어 편집부장님이 집으로 찾아오셨다. 약속시간이 되자 초인종이 울렸다.

"안녕하세요. 김영인씨."

"어서 오세요. 이런 것은 안사와도 되는데."

선물로 과일바구니를 들고 들어와 받아들고는 편하게 식탁에 앉기를 권했다.

"날씨가 많이 풀렸는데 꽃샘추위 때문에 춥네요."

"어느새 봄이 왔어요. 글 쓰다가 시간가는 줄 모를 정도에요."

"그래요. 신문은 매일 나오니까 바쁘지요."

이런저런 대화를 한참 하고서 커피를 끓여 향기가 피어나는 문학이야기를 하면서 그동안 써놓은 원고뭉치를 꺼내주었다.

커피 한 모금씩 마시고는 계속 이어 얘기해 나갔다.

"책이 나오려면 타자를 친 뒤 작가가 먼저 교정을 보고 또 내가 보고요."

"예, 국문과 문예창작과를 나오지 않아서 틀린 글자가 많이 나올거에요."

"그런데 책이 나올 무렵에는 다들 출판기념회를 하는데 영인씨는 어떻게 생각하세요."

"부장님, 이제 새로 시작하는 의미에서 하면 좋겠지요. 그렇지만 장소를 빌리는 것부터 준비하는것에 경비가 만만찮게 들어가지 않을까요. 나중에 크게 성공한 후에 성대하게 했으면 해요."

"그래요, 잘 생각했어요."

왔다 간 뒤 일은 차례대로 진행이 순조롭게 되어나갔다. 드디어 1999년 8월 그렇게도 바라던 내 이름을 넣은 첫 번째 책이 세상에 나오게 되었다.

얼마나 감격을 했는지 문학의 길로 들어선 나는 늦은 나이에 한 권의 책을 낼 수 있어서 큰 기쁨과 깊은 감동을 받고 죽을 때까지 글을 쓰기로 마음속에 다짐을 굳세게 했다.

작가들은 첫 번째 한 권의 책을 내기가 그렇게 힘들고 어렵지 어느 수준에 도달하면 계속 써나갈 수 있는 용기와 자신감이 생긴다는 말이 느낌으로 다가와 너무 행복하고 만족감이 최고였다.

그렇게 시간이 지나고 가을이 되려는지 실바람이 하늘하늘 코스모스 물결이 일렁일 때 나에게 선물이 도착했다.

"계세요. 꽃배달이요."

"어머, 누구에요. 고마워요."

"여기 편지요."

라일락 일곱 송이에 안개꽃 그리고 장미가 가득한 꽃바구니 한가운데에 편지가 꽂혀있었다. 팬에게 받은 첫 번째 선물이다. 종로에 나가 책을 사보고 감동해서 한 아름 꽃바구니를 보낸, 얼굴은 모르지만 순수한 마음에 감사드렸다.

계절은 나뭇가지의 이파리들이 물이 들어가는 가을의 절정에서 또 다른 나만의 꿈을 다시 심어본다.

한잎 두잎 떨어지는 낙엽철에 예쁘게 단장하고 외출을 한다. 전철을 타고 시청에 내려 교보문고에 독자들의 반응을 보기위해 걸어 다녔다. 오고가는 인정 속에 한해가 저물어 간다. 알아보고 인사를 건네는 따뜻한 사람들의 관심이 부담스럽지 않고 더 잘 써야겠구나 그래서 소설도 내고 영화도 찍어 보답해야겠다고 다짐했다.

밀레니엄 새천년이 우람스럽게 하늘높이 솟아올라왔다. 서기 2000년 새해가 밝아와 서로 덕담을 나누며 시작했다. 희망 속에 겨울은 추워도 추운줄 모르게 서로를 위해주는 좋은 날들이 온다는 신호를 보내주었다.

새봄이 되자 남북정상회담을 한다고 꿈에 부풀어 있었다. 정치권에서는 바쁘게 움직이면서 만반의 준비에 매진하였다. 성공적으로 개최하기를 바라며 우리 서민들은 먹고 살기위해 열심히 일하기에도 바쁘다.

남북이 만나는데 우리도 예전에 했던 것을 다시 만나기로 하자. 중요할 때만 부부동반하고 남자끼리 친목을 도모하기위해 한 달에 한 번씩 모임을 갖기로 하자고 다시 추진한다고 했다.

오랜 시간이 지난 지금 집을 장만한 사람과 아직 전세로 살고 있는 사람이 많아 빈부격차가 벌어지고 있었다. 그러나 같은 동료이기 때문에 같은 시대에 교육받아 대화가 통하는 사람들이다. 여자들은 모이면 말이 많다고 일단 남자들끼리 만나자고 다들 의견을 모았다.

옛날을 기억하면 생각하고 싶지 않은 사람들은 생략하고 새롭게 만나는 또래 친구들 위주로 회를 만들었다.

이런 가운데 한해가 저물어 갈 무렵 김대중대통령에 대한 노벨평화상 발표가 10월 달에 했는데 12월 초 노르웨이 오슬로시청에서 시상식이 거행된 장면을 TV에서 대대적으로 보도해주었다.

나는 또 꿈이 희망이 되어 다가왔다.

'나는 할 수 있다. 하면 된다.' 라는 신념을 가지고 하고 싶은 일 또 되고 싶은 사람 인생의 목표를 향해 도전하고 씩씩하게 뻗어나가는 용기를 갖게 되는 계기가 되었다.

얼마나 감격스러운 일이던가.

이제 소설이 중요한 장면위주로 비약적으로 발전하여 전개된다. 이 점을 염두에 두고 독자들의 흥미로운 요기 거리로 입에 오르내리고 전파되었으면 하는 마음으로 다시 힘을 얻어 써 나간다.

이것은 혼자말로 중얼거리는 나의 독백이다.

친구들은 그런대로 잘사는 사람 넉넉하지 못한 사람들이 있지만 당일치기로 여행을 즐길 수는 있었다.

1년 동안 회비를 모아서 고속철도 KTX를 타고 부산에 소풍갔다오자고 의견을 모아 따르기로 했다. 드디어 아침 일찍 KTX 테이블 석에 부부동반으로 열 명이 자리를 같이하고 시간이 되자 들뜬 마음으로 출발했다.

부산역에 금방 도착하여 아침을 먹을 수 있는 음식점에서 시장기만 가시는 요기를 하고 부두에서 배를 타고 육지가 가까운 바다를 구경하였다.

배를 타고 바라보는 경치가 아름다웠다.

점심때가 되자 부산해운대 해수욕장 부근에 바다갈매기가 보이는 이층횟집에서 회를 먹기 위해 자리를 잡고 앉았다.

이영철씨 유창오씨가 바깥 쪽에 앉고 그 옆에 김봉근씨와 부인들이 마주하고 최영선씨 남편 박동민씨 등 여자 남자 편한대로 섞여 앉자 차례대로 음식이 나왔다.

"이런 기회가 자주 있었으면 해요."

"그래요. 집안에서 애들 뒷바라지와 부업하면서 답답할 때가 종종 있었는데 숨통이 트인 것 같아 기분이 시원하네요."

맛있는 음식에 소주 한잔씩 들고 건배를 하고서 먹기 시작했다. 모두 이런저런 이야기에 시간가는 줄 모르게 순간을 즐겼다. 그리고 모래사장을 걷다가 갈매기에게 먹이를 내밀자 날아와서 쪼아 먹고 다시 날아가는 모습이 너무 신기하게 보였다. 한참 놀다가 자갈치 시장에 가서 멸치와 말린 오징어를 산지 가격으로 사서 다섯 가족이 똑같이 나누었다.

늦은 점심을 많이 먹어서인지 저녁생각은 없고 해가 질 무렵 택시를 타고 부산역에 도착하여 기다리다가 막차를 타고 집에 무사히 돌아왔다. 너무나 즐거운 추억을 같이하여 느낌이 좋았다.

서로 배려하고 위하는 마음이 좋아서 일 년이 지난 가을 이번에는 가까운 인천 을왕리 해수욕장에 바람 쏘이러 가자고 했다. 차편은 승용차가 있는 사람 두 대에 다섯 명씩 타고 대중가요를 들어서 신바람이 절로 나오는 드라이브를 즐겼다.

열기가 가신 가을바람의 적당한 온도가 피부에 닿는 촉감은 너무나 감미로운 멜로디였다.

여름 내 지쳤던 심신을 재충전하는 의미에서 원기회복에 좋은 낙지볶음을 먹으러 해수욕장 옆 음식점으로 들어가 모두 앉았다. 차례대로 매콤한 낙지가 볶아져 나와 식지않게 철판에 온도가 유지되었다.

"부자와 우리 서민이 다른 점은 어떤 것이 있을까요?"

"하루에 밥 세 끼 먹는 것은 비슷한데 돈이 많고 적은 것이겠지요."

"비용이 별로 들지 않는 것은 그런대로 즐길 수 있는데 가장 돈이 많이 드는 것은 아파트 장만하는 것이 어려워요."

"나는 지금까지 집 장만하고 순탄하게 살았는데 회사가 어려워져 구조조정에 포함되지 않을까 은근히 걱정이 되네요."

남편이 현실에 닥쳐올 우리집안의 위기를 예감하고 있었다. 친구들은 월급이 적으면 다른 회사로 옮겨가고 했는데 동민씨는 한회사에서 지금껏 젊은 청춘을 다 보내고 지금은 중년이 된 비교적 안정된 서민이라고 생각하고 있었다.

이제는 집집마다 돌아가면서 모임을 갖는 게 아니라 잘하는 음식점에서 한두 번은 부부동반해서 모이기 때문에 서로를 존중하고 화목으로 이야기꽃이 피어난다. 쉬는 날은 대부분 가정에서 가족과 시간을 보내다가 가끔씩 이런 시간으로 일상에서 받은 스트레스를 푼다.

전국은 대통령 선거열기가 후끈 달아오르는 운동에 관심이 많이 집중이 되어 누가 당선이 되나 궁금해 하고 있었다.

나의 글쓰기가 성공하려면 노무현씨가 당선이 되어야 하는데 긍정적으로 생각하기로 했다.

세찬 바람이 부는 12월 무사히 대선이 치루어져 극적으로 예상했던 것처럼 노무현씨가 대통령으로 당선인이 되었다. 모두 축제 분위기 속에 모이는 사람들마다 덕담이 오고가고 훈훈한 사람사는 냄새가 물씬 풍기는 보기 좋은 장면들이었다.

2002년 마지막 밤, 아빠들 모임에서 부부동반 회식이 있었다. 소고기와 삼겹살 등 육고기를 가운데 하고서 상추쌈에 필요한 야채를 곁들어 소주 한잔 마시면서 역시 화제 거리가 당선인의 서민적인 따뜻한 인상 요모조모였다.

"노무현 당선인은 너무 멋있는 사람이야. 부인을 사랑하는 마음도 극진하던데."

"부인이 초등학교 동창이던데요. 같은 김해시에 사는…."

"기타 치면서 노래하는 장면이 와 닿았어요. 자연스럽게 말이에요."

느꼈던 소감을 몇 시간 밥을 먹으며 내내 끊임없이 이어졌다. 한해를 마지막 보내기 위한 신나는 노래방에서 자기 애창곡을 차례가 되면 나와 불렀다. 이렇게 겨울밤은 깊어만 가자 제야의 종소리는 집에서 듣자고 뒷마무리를 하고서 택시를 타고 돌아왔다.

봄이 올 무렵 노무현대통령은 국회 앞마당에서 많은 국민들의 환호 속에 취임식을 거행하였다.

나는 그 모습을 지켜보면서 내가 해야 할 일을 적극적으로 도와주실 분이라는 믿음이 섰다. 언젠가는 만나볼 수 있는 친근한 분으로 여겨져 글쓰기에 더 박차를 가해 열심히 써 나갔다.

두 번 대통령 선거에 패한 한나라당은 국회의원수가 여당보다 많은 의석수를 가지고 있는 여소야대였다.

그 때의 야당은 이런 것을 적용해 박근혜가 건의하고 한나라당에서 5.18 문학을 언론에 못나오게 금지사항으로 통과를 시켜버렸다. 출판은 할 수 있는데 베스트셀러가 되어도 텔레비전에 못나오게 16대 국회에서 만들어버렸다.

이것은 두고 여당과 야당에서 말을 다르게 설명한다. 여당에서는 박정희의 5.16때문에 사람을 많이 죽여서 언론을 막고 정권교체를 하려고 꼼수를 쓰려고 한다라고 말했다. 그런데 야당에서는 피를 흘리고 민주화를 이룬 나라가 그때는 한나라당 밖에 없었다면서 좁은 나라에서 인정을 받으려면 피아노나 바이올린 성악을 하는 사람처럼 세계에서 상을 타고 인정을 하면 국내에서도 유명인이 된다.

그렇게 되면 우리 편을 만들려고 한다. 무리를 해서라도 나는 문학을 시작할 때부터 독자를 우리 한글을 아는 칠천만 명 민족에게 국한하지 않고 세계인구 약 칠십억 친구를 향하여 평화통일하려면 무안한 경제가 있어야 하기 때문에 마음에서 우러나오는 언어로 써내려갔다.

그러기위해서는 세계 공용어 영어공부를 게을리 할 수가 없었다. 눈을 세계로 돌려 나의 아이들과 같이 초등학교 일학년에 들어갈 때부터 재미있는 영어를 배워나갔다. 열심히 해서 어느 수준까지 영어가 가능한 구사력을 할 수 있게 실력을 갖추게 되었다. 집에 들어오면 스스로 공부하는 분위기가 만들어져 공부하자고 말하지 않아도 자기분야를 찾아서 하는 능동적이고 긍정적인 성격의 소유자로 잘 자라 주었다.

아이들은 사춘기에 접어들어 무엇을 하고 살것인가 고민을 하는 육체적인 탄생에서 정신적 탄생으로 신경이 예민해져 있었다.

남편회사는 금융위기가 있을 때에는 잘 유지를 했는데 회장님의 아들이 물려받으면서 운영을 잘하지 못해 은행에 빚이 많아졌다. 대기업 협력업체 중소기업이 절반이상 문을 닫을 때 그때까지만 해도 살아남았는데 회사사정이 점점 나빠져 가자 남편을 멕시코에 있는 회사로 가서 일하라는 식으로 말했다. 일종의 구조조정을 그런 방법으로 즉, 회사에서 나가라는 소리였다. 남편은 가정을 위해 참고 있었다.

그런데 설상가상으로 현장에서 일하던 사람이 안전 불감증으로 일하다 사고가 나 손을 다치는 불행한 일이 발생하였다. 그 일로 관리자인 남편에게 책임지고 물러나라는 것이었다. 여러 사람이 그런 식으로 사표를 내고 물러났는데 마지막으로 높은 자리에 남아있던 남편도 성화에 못 이기고 사표를 쓰고 나왔다.

우리가족은 아빠에게 '힘내세요, 우리가 있잖아요. 우리가 힘을 합치면 무엇이든지 할 수 있어요.' 위로의 말을 아낌없이 해드렸다. 그러자 아빠는 다행히 좋은 기술을 가지고 있어 한 달 만에 친구 안인식씨의 소개를 받고 실업급여를 한 번도 타지 않고 조기취업을 하였다.

우리집안에 폭풍우가 지나가는 것처럼 보였으나 새 직장이 썩 좋은 조건은 아니었다.

일이 많아 밤늦게 퇴근하는데 월급은 적고 여러 가지가 아빠가 지금은 살이 없고 몸이 건강한데 계속 근무하다 체력이 딸려 건강을 잃을 수도 있다고 판단하여 일 년 만에 그만 나와 버렸다.

이번에는 실업급여를 받아 생활비는 할 수 있었다. 사교육비가 한참 많이 들어갈 때인데 나의 일이 어느 정도 잘되어 다행히 보충할 수 있다고 아빠를 안심시켰다.

몇 달간 알아보다가 봄이 되자 월급은 많이 받을 수 없지만 제 시간에 퇴근할 수 있는 비교적 괜찮은 한창공업을 같은 동료였던 허찬욱씨가 소개를 하여 다니게 되었다.

이렇게 중소기업에 다니는 회사원은 일자리를 잃고 몇 개월간 쉬면 그동안 모아놓은 돈으로 높은 생활비를 충당하고 나면 없어지고 그래서 빈부의 차이가 벌어진다.

현재 우리나라의 경제사정은 혼자 벌면 많이 부족하고 둘이 벌면 조금 여유가 있고 물려받은 재산이 없으면 아무리 노력을 해도 잘 살 수 있는 즉 부자 되기 어려운 실정이다.

너무 돈이 많은 부자의 나라에 너무 가난한 사람들이 많은 그런 나라인 것이다. 골고루 잘사는 나라가 되려면 정치를 잘하는 지도자를 뽑는 것이 우리가 할 수 있는 일이다.

세찬 바람이 불어왔지만 우리가정은 한마음이 되어 사랑으로 이겨낼 수 있었다.

문득 가정에 평화가 다시 찾아와 정신을 차리고 보니 계절은 가을이 되어 하늘은 높고 파란 색깔이 한눈에 들어왔다. 인생이란 다 이런거다. 나쁜 일이 있는가 하면 좋은 일이 오고 또 좋은 일이 있으면 안좋은 일이 생기는 새옹지마 같은 고사성어를 생각해 보았다.

나의 일은 언론의 자유는 없지만 책을 내면 찾는 사람이 많아 또 민주주의 교육에 필요한 자료로 학생들이 많이 사보아 어느 정도는 경제적인 수입이 있었다.

글쓰기에 바빠있는데 남편이 회사에서 핸드폰으로 전화를 한다.

"여보세요."

"난데, 오늘 잔업이 없어 퇴근 빨리한다."

"그래요, 맛있는 밥 해 놓을테니 술 마시지 말고 와요."

"알았어. 요즘은 사람들이 자기 몸 생각해서 술 마시자고 하지를 않네."

"시장에 가니까 그만 끊어요."

핸드폰을 끊고 머리도 식힐 겸 저녁 반찬거리를 사기위해 시장으로 향한다. 한 바퀴 돌고 여러 가지 사가지고 와서 요리를 한다.

네 가족이 식탁에 앉아 하루에 있었던 이야기를 나누면서 밥을 먹는다. 시골된장으로 끓인 구수한 찌개 나물 한 두 가지 김치 계란찜 등 소박한 판으로 감사한 마음과 사랑을 먹는다.

저녁을 먹은 뒤 아이들은 자기들 방에 들어가서 공부를 하고 우리부부는 드라마를 시청하고 있었다. 이렇게 하루가 마무리되어 모두 잠이 들고 나의 글쓰기가 한 두 시간 더 진행되다가 남편 옆에서 나 역시 잠을 청한다.

다시 새날이 밝아왔다.

2005년 11월 우리나라 부산에서 APEC(아시아 태평양 경제협력회의)이 열린다고 보도가 흘러나왔다. 나의 일과 관계가 되는 지 판로를 개척할 수 있는 부분이 있는지 유심히 관심을 두고 보았다.

지적 재산권의 대우 저작권도 포함이 된다라는 장면을 정확히 듣고 다시금 꿈과 희망을 갖게 되었다.

한해가 다해간다는 낙엽지는 소리가 바스락 바스락 선명하게 들리면 나는 눈을 감고 애써 남은 여운을 감상한다.

11. 대성공

바람 부는 소리만 들리는 듯 고요한 성당 안에서 가만히 앉아 기도를 드린다. 인생의 힘든 여정을 도와주시라는 간절함을 들어주시길. 창문을 통해 빛이 들어온다.

내려오는 빗줄기를 따라 구름 같은 먼지 입자들이 마치 천사에게서 떨어진 햇살처럼 은총가루가 되어 날아온다.

포근한 하느님의 입김처럼 나를 안아주는 듯 부드러운 느낌이다. 햇살은 바람에 흔들릴 때마다 아베마리아를 부르는 것 같아 밖으로 나와 벤치에 앉아 천천히 고개를 들면 성모님의 다소곳한 모습에 미소를 보낸다. 참으로 평화롭다.

이런 시간에 홀로 벤치에 앉아 있노라니 예수님이 보고 싶어진다. 얼마나 사랑하는지 내 마음은 당신을 향해 있답니다. 세상 행복을 다 모아도 당신을 바라보는 행복이 제일이라고 고백해 본다.

집으로 향하기 위해 마지막 기도를 할 때면 눈물이 하염없이 흐른다. 그 사랑에 무한한 감사를 드린다.

새봄이 왔다. 언제나 이맘때면 느껴보는 신선함이 올해에는 더욱 새롭게 다가오는 기분이다. 나뭇가지에는 새싹이 움트기 위해 물이 오른다.

드디어 내가 체험했던 5.18을 주제로 쓴 소설이 나왔다. 젊은 십대 이십대에 겪었던 민주주의 투쟁을 자전적인 실화로 엮어서 실감있게 묘사한 것을 서점에서 접할 수 있었다.

작가에게 선전용으로 준 책을 가지고 각 대학에 가서 학생들에게 몇부씩 나누어주기도 했다.

나는 어느 봄날 나무가 푸르름으로 짙어가던 때 청와대를 방문하기위해 택시를 탔다.

북한산 기슭에 자리 잡고 있는 청화대문 앞에서 보초를 서고 있는 사복입은 형사가 못 들어가게 택시를 세웠다. 손에 들고 있는 책을 보고는 내리라고 했다.

"학생 때 운동권이었어요?"

"예, 정치는 여건이 안돼서 못하고 작가가 되었어요."

"이 책은 금지된 서적입니다. 한나라당에서 못나오게 막았어요."

"그래서 노무현대통령께 상의하러 온 것 아닙니까."

"대통령은 만날 수 없습니다. 나에게 얘기를 해 보세요."

예정에 없었지만 준비를 해두었던 터라 한두 시간 하고 싶은 말을 다했다. 무전으로 연락을 하고 기다리자 청와대 대변인이라는 사람이 나왔다. 여러 가지 이야기를 나누었다.

"지금 일정을 마치고 안에 계십니다. 안내하겠습니다. 따라 오십시오."

점심시간이 지나고 접견실에서 조금 기다렸더니 노무현대통령이 나오셔서 만날 수 있었다.

"안녕하십니까, 대통령님. 저는 5.18민주주의 통일문학작가 김영인입니다. 만나 뵐 수 있어서 정말 다행이고 영광입니다."

"김영인 씨와 만남은 분열의 원인이 된 지역주의를 없애기 위해 그 방법을 논의하는 의미에서입니다."

"저도 남북이 나뉘어지고 동서가 갈라져서 매우 슬펐습니다."

내가 내민 몇 권의 책을 보고 대화가 이어졌다.

"「망월동에 핀 진달래 철죽꽃」이 소설이 나오기 일 년 전 「화려한 휴가」라는 책이 나와 읽어보았습니다."

"예, 그래요. 「화려한 휴가」는 시민이 광주사태를 진압하기까지 십 일간 있었던 실화를 다룬 것이고 「망월동에 핀 진달래 철죽꽃」은 중고교 대학생들 민주화 교육시키는 지침자료로 슬만한 책자가 없기때문에 쓴 소설입니다.

"그래서 지역주의를 타파하기 위해서 영화를 찍을 수 있게 편리를 봐줄테니 시나리오를 써 주세요."

"예, 그래도 되겠습니까. 법에 접촉이 될텐데 찍게 해주시겠습니까. 찍은 후 상영에 성공하면 자유무역협정 FTA가 많이 언론에 나오던데 한류분야에 넣어주시겠습니까."

"그렇게 하겠습니다."

"우리나라는 지하자원이 없는 나라이기 때문에 세계가 주목받고 있는 FTA 한류분야 가수, 배우, 드라마, 영화, 문학작품 등을 수출할 수 있는 문을 열어주시겠습니까."

"힘 닿는데까지 도와드릴테니 열심히 해보세요."

"대단히 감사합니다. 힘을 얻어 최선의 노력을 다하겠습니다."

노무현대통령을 만나서 모든 것을 털어놓고 허심탄회 말을 하고 청와대를 내려오는 발걸음이 가벼웠다.

날씨가 화창하고 싱그러운 꽃향기가 진동을 하는 공원에 남편과 같이 산책을 즐긴다.

아름다운 꽃들이 만발하여 우리를 반겨주는 것 같아 정다웠다. 시민들의 옷차림은 가벼워지고 공원의 쉼터를 찾아 도시에 살면서 받은 스트레스를 자기방식대로 풀고 있었다.

"우리가 이런 여유를 가질 수 있게 되어 참으로 다행이에요."

"여보, 고마워. 아이들도 잘 자라고 있어서 고맙다."

손을 잡고 벤치에 앉아 있다가 다시 걸으며 생각한다. 사랑하는 가족을 지탱할 수 있는 힘의 원천은 하느님과 예수님 성모님의 큰 사랑임을 다시 깨닫는다.

좀 떨어진 거리를 걸어서 집으로 향한다. 녹색 이파리의 시원함을 피부로 느끼며 남편과 함께 할 수 있는 시간에 감사하는 나 자신을 발견한다.

다시 또 비약적으로 발전하여 전개되는 이 부분들은 다른 작품에서도 다루었는데 각자 보고 생각하는 각도에 따라 다시 창작을 한 것이다. 이 점을 염두에 두로 효과적으로 이야기를 엮어서 이해하기 쉽게 썼다는 점을 밝혀둔다.

지난해 세계경제규모 8위인 대한민국은 초강대국 미국과 FTA 협상체결을 위해 실무진인 교섭본부장 일행이 우리나라와 미국을 오고가며 8차례 협상에 걸쳐 드디어 2007년 4월 협상타결을 보았다.

이것을 모델로 전 세계 주요 국가들이 차례대로 협상을 하기로 했다. 경쟁에서 살아남기 위해 그리고 선진국으로 가기위해서 다른 분야에서는 이익이 많은데 농산물 축산 어업등 손해보는데에서는 국가가 보상하고 지원한다고 약속했다.

그리고 두 달 뒤 이익이 불균형이라고 국회에서 통과하지 못한 것을 하자는 2007년 6월에 한미 FTA 비준을 재협상하자 말이 나와 '한미 FTA 한류문화분야도 들어간다'는 새로운 사실을 확인했다. 작년부터 촬영한 영화 '화려한 휴가'를 마무리하고 상영을 앞두고 있는 상태라 긍정적으로 성공하면 한류작가로 다시 태어나겠구나 하는 희망의 메시지가 담겨져 있었다.

사계절이 빠르게 가고 오는데 일에 파묻혀 살다가 정신을 차려보니 여름 휴가철이 눈앞에 와 있었다.

남편과 같이 '화려한 휴가'가 개봉이 되어 맛있는 밥을 먹고 영화를 보는 데이트를 즐겼다.

아이들이 입시를 준비하는 고등학생이기 때문에 둘만의 오붓한 시간을 보냈다. 이 영화는 연말까지 상영이 되어 천만관객으로 대성공을 거두었다. 그러나 '화려한 휴가' 원작가는 언론에 나오지 못했다.

영화에 애국가가 울러퍼질 때 총으로 쏘는 장면을 명예훼손이라는 이유로 고발을 했다고 TV에서 흘러나왔다.

작가가 없이 책이 나와서 피해보는 사람은 없었다. 유명한 사람이 되었으나 이름을 모르는 무명으로 긴 세월을 보내야 하는 처지에 놓여있었다. 그렇지만 살기 좋은 세상이 국민 모두에게 올 것이라는 희망찬 내일이 우리 앞에 펼쳐질 것이라는 기대를 가지고 기다리게 되었다.

한편 정치권에서는 제2차 남북정상회담을 개최한다고 분위기가 술렁거렸다. 남북이 개최하는 회담을 찬성하는 사람이 있는가 하면 반대하는 사람들도 많이 있어 냉담한 반응이었다. 대선이 있는데 역 효과가 나면 어떻게 하냐며 걱정이 되기도 했지만 계속 진행을 했다.

드디어 2007년 10월 가을햇살이 따사로이 하늘에서 내려 비추이던 날 맑고 높은 곳에 청량한 바람이 감동으로 금단의 벽을 노무현대통령은 걸어서 넘었다.

이제는 대통령이 하늘 길과 땅 길을 열었으니 우리는 자유로이 많은 사람이 다녀오고 다녀가고 할 것이다. 가슴 벅찬 감동이 물밀 듯이 몰려와 하늘과 땅은 축복으로 얼룩져 시원한 바람이 인사를 하는 것 같았다. 이 행사가 계속 이어져 통일하는 길잡이가 되길 기도해 본다.

어느 사이 단풍이든 이파리가 갈색이 되어 떨어지는 낙엽철이 우리 곁에 와서 이리저리 밟으며 다닌다. 깍낀 청바지에 군청색 바바리를 입고 거리에 나선다. 종로에 있는 서점에 돌아다니는 여유를 즐기는데 모두들 대선에 관심이 없는 듯 보였다. 그런데 대선후보 이명박씨가 '경제를 살린다. 일자리를 늘린다.'는 공약에 귀가 솔깃한 듯 현대건설 사장이었던 것을 기억하고 있었다.

산업현장에서 지휘를 했던 사람을 뽑아놓으면 우리국민들이 사는 것이 좋아질 지도 모른다면서 표를 많이 주어 민주당 정동

영 후보를 누르고 한나라당 이명박 후보가 드디어 대통령에 당선이 되었다.

10년간 집권했던 민주당은 이명박대통령 당선으로 정권교체가 되어 야당으로 변했다.

인수인계를 거쳐 청와대에 입성한 이명박대통령은 무엇이 급한지 건설현장에서 밀어붙이는 방식대로 정치도 국민들의 말을 듣지 않고 자기 고집을 내세워 밀고 나갔다.

그해 4월 국회의원 총선을 치르고 많은 의석을 차지한 이명박대통령은 미국으로 날아가 부시대통령과 쇠고기개방을 한미정상회담에서 해 버렸다.

어떻게 해서 쇠고기개방을 하게 되었다는 설명과 국민들을 설득하지 않고 쇠고기를 싼 값으로 국민들이 먹을 수 있게 하려고 했다는 말에 광우병에 걸린다고 국민들이 화가 나 반대하는 촛불집회를 서울광장에서 열었다.

이명박대통령이 귀국하기 전 처음에는 고등학생부터 촛불을 밝히고 조용히 시위를 했는데 고등학생들이 빠지고 대학생들과 서울시민들 여의도 넥타이부대 유모차부대까지 나와 동참을 했다.

이명박대통령이 귀국했을 때는 걷잡을 수없이 커져 국민들에게 사과를 하고 30개월까지만 수입한다며 여러 가지 시정을 하고 촛불집회는 잠잠해졌다. 이렇게 민주주의는 시민운동 촛불문화운동으로 발전하여 온 시민들의 축제분위기 속에 의사를 자유롭게 표현을 했다.

세계경제가 좋아지지 않았는데 미국에서 9월에 부도가 터지기 시작했다. 미국대선에서 이 어려운 상황을 헤쳐 나갈 사람은 젊은 사람 오바마가 필요하다는 여론이 우세하여 2008년 11월 대통령선거에서 당선이 되었다. 처음으로 인종을 초월한 세계지도자 오바마 미국대통령이 등극을 하여 계속 세계 초강대국으로 이끌고 나갔다.

미국의 경제가 좋지 않으면 우리나라 경제도 타격을 받아 실업자 일자리가 없는 젊은 사람들이 많이 있었다.

지금 나는 1999년부터 책을 냈는데 시집 두 권, 수필 세 권, 소설 한 권, 시나리오 한 권 등을 내고 이제는 소설만 쓰고 있다. 소설이 독자를 확보하고 늘리는 데에 좋기 때문에 멜로 로맨스와 민주화로 이어진 통일이라는 문제가 어렵기에 연결고리를 만들어 쉽게 접근하면서 일을 하고 있다.

고3, 고2 연년생인 두 딸이 입시공부를 하는 가운데 나도 아이들과 같이 열심히 공부하면서 보낸다. 평온한 일상이 이어지는데 2009년 5월 노무현대통령이 자살했다는 보도에 나는 깜짝 놀래서 하늘이 노랗게 변하는 현기증을 느꼈다.

왜, 누가, 그렇게 만들었을까?

누가, 죽음으로 내 몰았을까?

견딜 수없는 고통을 받아 궁지에 몰려 그런 상황에까지 이르렀다는 판단에 이것은 타살이다. 현직 대통령이 전직 대통령을 봐주지 않고 배려하지 않는 권력을 휘두른 너무나 큰 사건이었다.

현직 이명박대통령은 4대강 사업을 임기 내 끝내기 위해 밀어붙이는 방법으로 한참 진행 중이다. 약 20조 빚을 내서 4대강 사업을 맡은 대기업들에게 퍼주는 대기업을 위한 정치에 강들은 몸

살을 앓고 있다.

이슬을 머금은 빨강장미가 피어나는 시원한 초여름이다. 상큼한 오이의 향기가 코끝에 퍼져 도라지와 새콤달콤한 묻힘에 조개를 넣은 시원한 된장국을 끓여 밥을 먹는다. 다시 힘을 내어 글쓰기에 도전을 해 본다.

도와주는 사람은 이 세상에 없는데 나의 힘으로 미래를 개척해야 스스로 자립하고 홀로서기에 대성공해야 한다. 이 길은 혼자 글쓰기하면서 외로운 마음으로 가야 하는 대장정의 또 다른 시작이다.

유난히 더웠던 여름 열기가 가시기 전 지병이 있었던 김대중 전태통령은 폐렴이 악화되어 2009년 8월 이 세상을 떠나셨다. 두 분 대통령은 우리나라의 민주화와 평화통일을 위해서 업적을 남기신 훌륭한 분이셨다. 나는 이제 두 분을 마음속에서 보내드리고 이어서 평화통일의 완성을 위해 평생 작품을 많이 써서 우리나라 선진국 복지 사회건설에 큰 공헌을 해야겠다고 다짐했다. 그런데 나에게 병이 찾아왔다.

문학을 하면서 처음으로 20살 때 신경성병으로 불리는 정신병이 찾아와 잠 못 이루는 조용한 밤 작품을 쓸 수 있었고 그리고 40대 후반 당뇨병이 찾아왔다.

의료관리공단에서 날아온 건강검진을 할 수 있는 증을 받아 건강검진을 받았는데 당뇨병이라는 판명이 나왔다. 아직 젊은데 당뇨병이라고 해서 믿지를 못하고 아니라고 부정을 하다 혈당이 올라 과로와 고혈당으로 쓰러져 의식을 잃었다가 산소 호흡기를 꽂고 5박 6일 만에 깨어났다.

나의 글쓰기의 시작은 억울한 젊은 사람들의 죽음, 희생을 대변해서 우리가 추구하는 민주주의 꽃을 피워 평화통일을 이루는 데 가치를 두고 있다.

죽은 자 가운데 살아나는 천재와 같은 좋은 머리로 통일할 수 있는 기틀을 마련하는 좋은 기회였다.

나의 창작 작품을 세계에 베스트셀러로 팔 수 있게 세계에 선전하는 원동력이 된 것이다. 너무나 좋은 일이 나에게 또 온 국민에게 찾아온 것이다.

하느님 세계 70억 친구들 책과 영화를 많이 보아주시고 뜨거운 박수를 많이 보내주시면 세계가 지켜보는 가운데 남북평화통일을 꼭 이루어 내겠습니다. 대단히 감사합니다.

그리고 쇠고기개방을 한 지 2년 후 2010년 12월 자동차개방을 한미 FTA 비준 협상하기 위해서 했었다. 우리나라의 자동차는 불리한 조건에서도 세계에서 잘 팔린다는 통계가 나왔다.

어느새 봄이 오는가 싶더니 여름이 가고 금새 가을이 왔다. 두 딸이 대학생이 되어 젊은이들과 어울리는 시간의 자유가 있어 중년의 여유를 즐기며 살아간다.

계절은 가을이 깊어가는 2011년 10월 한미 FTA를 협상하기 시작한 지 5년 6개월 만에 미국의회에서 통과되지 않은 비준을 몇 가지를 상원 하원에서 통과시켰다.

우리나라 국회에서도 야당의원들이 반대하여 과반수가 넘는 한나라당은 강행처리로 통과를 시켰다. 최루탄이 터지고 유리창이 깨지고 망치로 문을 부수는 등 연말까지 국회가 아수라장이 되었다.

나의 글쓰기가 관련이 되어 청와대에 찾아갔다. 보초를 선 형사가 연락을 하여 청와대 사람이 나왔다.

"안녕하십니까. 5.18 문학 작가입니다. '화려한 휴'라는 영화가 자유가 풀려 천만관객으로 한미 FTA 한류문화 분야에 들어가 국회에서 통과되는 것을 보았습니다. 이 부분을 상의하기 위해서 이명박대통령을 만나러 왔습니다."

"개인은 만날 수 없어요. 정치하는 국회의원이 되면 만날 수 있습니다. 책을 볼 수 있습니까."

"여기 가져 왔습니다."

"사진만 찍어서 보고 하겠습니다. 정치를 하세요."

나는 갑상선 수술을 해서 목상태가 좋지 않아 이번에는 출마할 수 없다고 사정을 해 보았으나 만날 수가 없어서 할 수 없이 집으로 돌아와 내가 마음 놓고 문학을 할 때가, 나에게도 좋은 시절이 올 것이라는 긍정적인 생각을 갖게 되었다.

상영에 성공했던 '화려한 휴가' 섹시홀리데이는 한류분야에 들어가 세계에다 팔 수 있게 되었다.

한미 FTA 비준의 발효가 2012년 3월 15일이었는데 이때 첫 번째로 팔 수 있는 기회였는데 이명박대통령은 정치인이 아니라 한나라당에 이익이 오지 않는다는 이유로 이행을 하지 않고 차기 정부가 하라고 미루었다.

당명을 한나라당에서 새누리당으로 바꾼 여당은 박근혜가 후보가 되어 대통령으로 당선이 되었다. 그러나 국익차원에서 박근혜대통령을 만나러 갔으나 문전박대를 받고 집으로 돌아오고 말았다.

박근혜대통령은 취임 후 첫 번째로 미국방문을 했었다. 2013년 5월 워싱턴에서 한미정상회담에 싸이의 강남스타일을 말하면서 새드뮤비 섹시홀리데이를 뜻하는 한류문화에 많은 관심을 보낼 때 적극적으로 팔려고 하지 않고 오바마대통령이 먼저 말을 했다.

박근혜대통령이 한미 FTA를 통해서 많은 사람이 보도록 체감하도록 하겠다고 말했으나 그 다음날에 윤창중씨의 성추행사건이 보도되어 나로서는 난감하고 어처구니가 없었다. 두 번째 팔 수 있는 기회였는데 아쉽고 안타까웠다. '화려한 휴가'는 그때당시 신군부가 붙인 작전개시 암호로써 그 말대로 슬픈 영화이다.

이번에 박근혜대통령이 팔지 못하는 이유는 인사를 잘못하는데 있었다.

인수인계 때 윤창중씨를 비서관으로 쓰지 말라고 했는데 고집을 세워 평이 좋지 않는 사람을 쓰고 말았던 것이다. 가을에도 미국 중국 등 많은 회의에 참석했는데 아무런 성과 없이 아까운 시간이 흘러갔다.

다음해 정초 신년 기자회견에서 갑자기 앞뒤가 맞지도 않는데 통일은 대박이라고 외치면서 다니고 독일 베를린에서도 통일을 해야 한다는 보수주의 박근혜대통령의 선언까지도 했었다.

그리고 4월 16일 슬픈 세월호 사건이 발생했다. 젊은 고등학교 2학년 수학여행을 배타고 제주도를 가다가 300명 이상의 학생들이 바닷물 속에 빠져 죽은 너무나 처참한 상황에 세계 사람들은 위로를 했다. 이 일로 영화 새드뮤비 섹시홀리데이가 세계에 선전이 많이 되었다. 너무나 슬픈 제2의 광주사태가 일어난 것이다.

오바마대통령의 아시아순방 때 우리나라를 방문해서 한미정 상회담 기자회견 때 2014년 4월 25일 한미 FTA 이행완료를 위해 FTA 재협상 추가협상하자고 공식석상에서 말을 했었다.

앞으로 양국 정상들이 이 부분에서 타협하고 좋은 협상을 해서 한미 FTA 이행완료가 되어 평화통일에 이바지하고 또 선진국으로 올라가는데 일조하고 싶은 마음이다.

그 동안 박근혜대통령은 첫째, 소통을 하지 않는다. 둘째, 국정 운영을 원활하게 하지 못한다. 셋째, 공약을 이해하지 못한다라는 국민들의 평을 귀 기울이고 들어주었으면 좋겠다.

12. 긴 편지

나는 박근혜대통령에게 실망하고 희망이 보이지 않는다는 판단으로 문재인 대표에게 긴 편지를 쓰게 되었다.

자유를 위해서 1 (첫 번째)

대표님께

대표님, 안녕하십니까!

나는 한미 FTA 한류문화분야 비준에 통과된 세계 유일한 분단국 5.18 민주주의 평화통일문학 한류작가입니다.

예전에 고 노무현대통령님을 만나 뵙고 우리나라는 우수한 고급인력이 있으나 지하자원이 없는 나라이기 때문에 세계에서 주목받고 있는 선진국으로 들어갈 수 있는 FTA 한류분야 가수, 배우, 드라마, 영화 문학작품 등을 국가정책으로 수출하면 어떻습니까하고 건의한 바가 있습니다. 그 중에 5.18 민주주의 평화통일문학작품도 한미 FTA에 들어갈 수 있게 해 달라고 제안한 적이 있습니다. 지금은 FTA체결이 끝났으나 아직 약속이 지켜지지 않아 한미 FTA 일부분이 이행완료가 되지 않아 다시 한 번 이러한 부분이 해결될 수 있도록 문재인 대표님께 건의합니다.

제가 문학의 길을 가기까지 우여곡절이 많았습니다. 저는 어려서부터 글쓰기를 많이 했으나 언론출판의 자유가 없어 국문과를 가지 못하고 공무원으로 전남도청에 근무했습니다. 결혼과 함께 본격적으로 글쓰기를 해서 마흔 살에 등단하고 6권의 책을 내고 3권의 소설이 마무리되어 때가 되면 책이 나오고 '화려한 휴가'처럼 영화로 제작이 될 것입니다.

제가 저의 할아버지의 가르침 속에 아버지가 열다섯 살 때 전쟁을 겪고 첫 자녀를 문학으로 기르신 뜻을 받들어 저의 꿈을 이루기 위해 많은 노력을 해왔습니다.

아직은 주부지만 노벨문학상을 가슴에 안는 꿈을 꾸고 있습니다. 평생문학을 하면서 나라를 세계에 길이 빛낼 수 있는 나의 꿈을 이룰 수 있게 도와주시면 감사하겠습니다.

5.18 문학을 지난번 16대국회가 여소야대 때 금지사항으로 법으로 정해 텔레비전에 못나오게 막아놓은 것으로 알고 있습니다. 이제 통과됐으나 한류문화 5.18 민주주의 평화통일문학을 누군가 하고 있다는 존재는 국민들이 알고 있으나 이름이 알려지지 않았습니다.

문재인 대표님이 나를 필요로 하고 제가 문재인 대표님을 필요로 하는 서로 돕는 선진국으로 입문할 수 있는 방법을 토론하고 발표할 수 있는 정치문화를 만들어 가도록 최선의 노력을 하겠습니다.

나는 우리나라가 남북으로 나뉘어지고 동서로 갈라져 매우 슬 펐습니다. 대한민국이 하나 되기 위해 우리나라는 무엇을 해야 할까요. 저는 어려서 두 가지 길이 있었습니다.

높은 사람의 인맥으로 공무원이 될 수 있었으나 적은 박봉으 로 풍족하게 살 수 없어서 다시 선택한 것이 글쓰기였습니다. 처 음에는 내가 잘되기 위해 문학을 선택해서 시작했지만 그의 따른 부작용이 너무 많았습니다.

이 모든 것을 감내하고 하나가 되어 우리나라가 선진국으로 올 라가는데 일조하고 싶은 일념하나로 이 길을 선택했습니다.

첫째로 나도 잘 살고 그리고 국민들이 잘 살기 위해서 서로 돕 고 발전하자고 말하고 싶습니다.

저의 이름은 김해 김, 꽃부리 영, 사람 인, 김 영인입니다. 언론 에 나오지 않았지만 이렇게 소개하고 싶습니다.

김영인! 경제적인 발전을 위해 민주주의 꽃을 피워 통일의 밑 바탕이 되어 대통령님을 도와 내가 맡아서 경제를 바로 세워 평 화통일을 한다라고 풀이하고 싶습니다. 작가가 경제를 벌어들여 통일한다는 뜻입니다.

책을 내게 되면 번역하기 전에 계약을 해야 됩니다. 영화제작, 종이 값, 인쇄비가 적게 들어가 부가가치적 효과가 매우 크다고 봅니다. 흔히들 인쇄비로 알고 있는데 인구수에 대한 세금과 같 다고 인세라고 합니다. 인세는 국내에서 판 것과 세계에서 판 것 이 다릅니다. 국내에서는 계약할 때 대화를 해서 돈을 조금 지불 하고 팔아 10%씩 월말이면 지급이 됩니다. 세계에서 판 것은 정 가 3%입니다(서점은 도매가 10%, 소매가 30%) 책이 어느 정도 팔리면

문화체육관광부 소속에서 영화를 찍고 지식경제부에서 번역하여 출판한 작품 등을 산업자원통상부에서 수출합니다.

책과 영화 등을 베스트셀러로 팔아 달러를 수금하는 사람, 계약하는 사람은 문재인 대통령 당선자 정부입니다.

모든 국민에게 골고루 혜택이 돌아가도록 부정부패가 없는 국정을 운영할 수 있는 분은 문재인 대표님 이라고 확신합니다.

저는 평생 문학하면서 스터디셀러로 내가 죽은 다음에도 학생들이 민주화 통일교육하는 지침자료로 사용할 수 있도록 최선의 노력을 다하겠습니다.

문재인 대표님과 저와의 만남도 국민들과 만남도 이루어졌으면 합니다. 그리고 큰 꿈을 안고 제 20대 전국구 비례대표제 국회의원 기호 8번에 출마하겠습니다.

대단히 감사합니다.

* *

자유를 위해서 2 (두 번째)

오월을 맞이해서

대표님, 안녕하십니까?

신록이 더 짙은 색깔로 우거지는 계절의 여왕이라고 부르는 5

월입니다.

유난히 행사가 많은 그 중에도 가정의 달이라 하는데 이 시점에서 지난 날이 문득 떠올라 펜을 들었습니다.

그 때 그 시절에는 뿌연 최루탄을 많이 마시며 데모를 많이 했었습니다. 5.18에 희생된 친구들 선배 후배들을 대변해서 글쓰기에 성공을 해야겠다는 다짐도 새롭게 해보기도 합니다. 지금 나이가 56세지만 어떤 가정에서 자랐는지를 말해보고 싶습니다.

할아버지 이야기는 다음에 하고 이번에는 저의 아버지이야기를 하겠습니다.

나의 아버지가 하시는 일은 다수확품종을 개발하는 연구를 하셨습니다. 지금은 고인이 되셨지만 문재인 씨 보면 아버지 생각을 많이 합니다. 농촌진흥원 소속 전남농산물 원종장에 다니시면서 다수확품종개발 벼 씨 종자 개량을 해서 농사에 분배를 하셨습니다. 박정희가 보릿고개를 없앴다고 말하는데 아버지께서 땀흘리는 노고를 하셔서 투자만 해주었지 보릿고개를 없앤 사람은 아버지 김재인씨가 하셨습니다. 아버지는 육체가 먹는 양식을 많이 먹을 수 있게 하셨고 나는 정신이 먹는 음식과도 같은 책을 써서 우리 국민이 먹을 수 있는 마음의 양식을 많이 먹게 하겠습니다.

책은 마음의 양식이다. 사람은 빵으로만 살 수 없고 마음의 양식으로 산다.

아마 처음으로 나온 벼가 통일벼라 하셨는데 이것은 수확은 많이 나오지만 밥맛이 떨어졌다고 합니다. 그 후 나무 접붙이기를 이용해서 수확이 많이 나오고 밥맛이 좋은 벼가 개발이 되어 나왔습니다.

나는 실험하는 시험장에서 참새를 쫓는 아르바이트를 여름방학이 끝날 무렵이면 며칠씩 하곤 했습니다.

이것은 내가 어렸을 적 추억으로 간직하고 있었는데 문재인씨를 보면 아버지 생각이 나 몇 자 적어보았습니다. 그래서 문재인씨를 보면 팬으로써 편지를 쓰고 싶은 충동을 느끼곤 합니다.

힘드시겠지만 용기를 내십시오. 제가 도와드리겠습니다.

하고 싶은 말이 마음에 고이면 계속 써서 보내겠습니다.

이만 줄입니다.

* *

자유를 위해서 3 (세 번째)

6월이 되면

대표님, 안녕하십니까?

햇살이 눈부신 초여름 날씨에 시원한 바람이 머리를 식혀 주는 것 같았습니다.

나는 전쟁을 겪지 않은 전후세대에 태어나 지난 5.18을 체험하면서 6.25가 얼마나 큰 비극이었는가 아픔을 알게 되었습니다.

내가 문학을 하게 된 배경은 고 김대중대통령이 계셨기 때문입니다.

김대중대통령과 같은 문중으로 저의 할아버지와 항렬이 같아서 문중할아버지를 믿고 '하면 된다'라는 신념을 가지고 시작했던 것입니다.

가락국 김수로왕 72대 세손이 된 자로써 옛날 조선시대 비운의 사도세자 때 광주광역시 광산구로 유배를 가 그러니까 5대 할아버지 조상이 같다고 합니다.

뿌리 깊은 나무는 흔들리지 않고 나라를 바로 세울 수 있는 힘을 길렀습니다.

지금의 여당은 내가 쓴 작품을 팔 수 있는 기회가 세 번 있었습니다.

첫 번째는 2012년 3월 15일 한미 FTA 발효일 때이고 두 번째는 박근혜대통령이 2013년 5월 미국방문 할 때 오바마대통령과 한미정상회담하면서 자연스럽게 싸이의 재미있는 강남스타일을 말하면서 새드 뮤비 슬픈 영화를 뜻하는 한국문화에 관심을 많이 보일 때 적극적으로 팔려고 하지 않고 오바마가 먼저 말을 했습니다.

소극적으로 한미 FTA를 통해서 많은 사람에게 보도록 체감하도록 하겠다라고 대답을 했으나 그 다음날 윤창중씨의 성추행사건이 보도가 나와 나로서는 난감하고 어처구니없는 상황이 되었습니다. 그리고 2014년 4월 16일 슬픈 세월호 사건이 발생하였습니다. 너무나 슬플 제2의 광주사태가 일어난 것입니다. 그 일로 인터넷을 통하여 새드 뮤비 섹시홀리데이가 세계에 많이 선전이 되어버렸습니다.

2014년 4월 25일 아시아순방 때 오바마가 우리나라에 와서 기자회견할 때 보았습니다.

요점만 말하면 한미 FTA 이행완료를 위해 FTA 재협상 추가협상하자고 했습니다.

2014년 8월에 교황님의 한국방문 후 9월 유엔회의에 가서 연설한 것을 보았습니다.

박근혜대통령은 과거 무엇 때문인지 새드 뮤비 섹시홀리데이를 세계 사람에게 사달라고 왜 호소를 못합니까.

교황님이 왔다가고 좋은 기회였는데 왜 팔지 못합니까.

밥상을 차려서 놓았는데 수저로 떠먹기만 하면 되는데 왜 못합니까.

떠 먹여줘야 합니까. 왜 그렇게 무능합니까.

영어로 미국의회에서 연설만 하면 뭣합니까.

그런 장면이 한 장면도 나오지 않았는데 말입니다.

'화려한 휴가'는 그때 당시 신군부가 붙인 작전개시 암호로써 그 말대로 슬픈 영화입니다.

이로써 이명박대통령이 최루탄 터뜨리고 한미 FTA 비준을 통과 시켜준 그 댓가는 다 갚았습니다. 여당이 기회를 잡지 못했지 이제 나는 20대 국회의원이 되어서 국민이 사랑하고 많은 관심을 가지고 기다려 준 나라경제 세우기를 해볼까 합니다.

많이 성원해주시고 책과 영화를 많이 보아주시고 뜨거운 박수를 보내주시면 맡은 바 역할을 다해 나가겠습니다.

감사합니다.

자유를 위해서 4 (네 번째)

대표님께

안녕하십니까, 대표님!

내 고장 칠월은 청포도가 익어가는 시절에 휴가가 있는 달입니다.

영화 '화려한 휴가'가 상영된 때가 2007년 7월 25일부터 2007년 연말까지였습니다.

천만관객으로 대박을 터뜨렸는데 언론에는 작가가 나오지 못했습니다. 그 당시에는 5.18문학을 TV에 못나오게 법으로 막아 놓았을 때였습니다.

고 노무현대통령께서 편리를 봐주셔서 영화를 찍게 되었습니다.

상영에 크게 성공한 후에도 '화려한 휴가' 원작자를 애국가가 울려 퍼질 때 총으로 쏜 장면을 명예훼손이란 이유로 고발을 했다고 합니다.

이제는 지역간 세대간 갈등을 접고 국익만을 생각합시다.

박근혜 정부의 실수로 내가 평생을 바쳐서 쓰기로 한 작품을 세계에 팔지 못하게 될까봐 노심초사 걱정을 하면서 인터넷에 매달렸습니다.

이 때문에 팔이 아파서 오십견에 걸려 고생도 많이 했습니다.

하늘은 스스로 돕는 자를 도와줍니다.

리퍼트대사 피습사건 후 언론에서 사드미사일배치 뉴스가 나왔는데 아마 평화통일문학과 사드와 협상을 할 것이라는 예감이 듭니다. 그런데 문제점은 사드가 완성되지 않았다는 것입니다. 미국의 목표가 2019년도까지 한국에 사드미사일배치계획을 세웠다고 하는데 이번 정부가 아니라 차기정부에서 논의할 가능성이 많다고 판단을 합니다.

미국의 차기대통령에 여성이 나와서 여성끼리 협상할지도 모른다고 생각을 합니다마는 지금의 여당에 빚이 졌다라고 할지 모르나 나는 다 갚았다고 단호하게 말할 것입니다. 문재인 팬으로써 문재인대통령 당선에 모든 힘을 쓰겠습니다. 그리고 자유무역협정 FTA는 다혜국의 원칙에 따라 세계가 원하면 다 팔 수 있다고 자부합니다. 만약 사드배치와 협상타결만 한다면 배치하는 방법을 서로 상의해서 서로의 이익을 생각하는 시점에서 결정했으면 합니다. 그러니 문재인 대표님은 인재를 잘 선택하셔서 이 어려운 상황을 승리로 이끌어 차기 대통령 당선에 성공하시길 바랍니다.

대단히 감사합니다.

자유를 위해서 5 (다섯 번째)

광복 70주년을 맞이해서

대표님, 안녕하십니까?

과거 우리나라는 조선시대 말기 개방을 해야 할 때에 대원군이 쇄국정책을 써서 나라의 이권을 빼앗겨 우리나라의 국민들은 도탄에 빠졌습니다.

선열들의 희생으로 36년 일제치하에서 세계2차 대전 후 광복을 맞이하게 되었으나 좌익과 우익으로 갈라지더니 민주주의 공산주의 이념이 다른 1950년 6월 25일 한국전쟁 내전으로 폐허가 되어버린 땅에서 지금은 눈부신 발전을 거듭하였습니다.

그때 나의 할아버지는 일제강점기에 태어나 해방이 되면 한양에 가서 과거급제한다고 서당에 십 년을 다니셨습니다.

해방이 되지 않아서 광주광역시 광산구 옥동에서 터줏대감 대지주로 행세하고 방앗간에서 쌀을 찧어 나주로 일본에 세경을 내려고 다니셨습니다.

1940년대 많은 논밭을 일본에 빼앗기고 할아버지는 일본 땅에 징용으로 끌려가 탄광에서 일을 하셨다고 합니다.

그러다가 일본어를 할 줄 아는 할아버지는 인부 한두 명씩 데리고 고장난 철로를 고치러 다니면서 일본사람 몰래 중요한 정보를 건네주는 독립운동을 하셨다고 합니다.

일본이 망하면 현해탄을 건너올 수 없다고 빨리나오라고 큰 집 할아버지가 전보를 자주 쳐 그때 돈 이백 원과 콩 두 되를 볶아주어 밥 대용으로 하고 인천에 건너와 서울로 가서 기차를 타고 광주 송정역에 도착하니 거지가 다 되어서 돈 오 원이 남아 국수 한 그릇을 먹었다고 독립운동 이야기를 내가 어렸을 때에 자주 하셨습니다.

이렇게 고향에 돌아온 지 삼일이 되자 1945년 8월 15일 해방이 되었다고 할아버지는 첫 손녀 저에게 글쓰기 교육을 하셨습니다. 그렇게 가정교육과 학교교육을 받고 내가 해야 할 일을 스스로 깨달아서 내가 맡아서 5.18 평화통일문학 하는 사람이 되었습니다.

처음에 통일하면 통일비용이 일시적으로 400조씩 들어가고 단계적으로 발전해서 2030년이 지나면 통일비용이 100조씩 들어간다고 합니다. 통일은 대박이라고 외치는데 어떻게 흑자가 되느냐 하면 일시적으로 들어간 뒤 남한의 고도의 기술과 북한의 저렴한 노동력이 한데 어울려 상품을 만들어 부산, 서울에서 평양 신의주, 중국, 러시아, 시베리아를 이어 유럽까지 철도를 개통하여 저렴한 교통비로 흑자가 되고 또 5.18 평화통일 한류작품을 많이 써서 책과 영화로 만들어 수출하면 모두를 합하여 200조 흑자가 된다고 보도에서 보았습니다.

그렇게 해서 남과 북이 똑같이 나누면 되지 않겠습니까. 그리고 통일 전과 통일 후의 미국관계는 더 가깝다고 판단을 합니다.

수출과 수입에서 보면 많이 차지하는 것이 교통비입니다. 육로와 해상교통이 있는데 기름이 많이 드는 것이 해상교통이 됩니다. 통일이 되면 육로교통이 부산에서 시작되는데 교통비가 절반 이상이 적게 든다고 합니다. 통일이 되면 우리상품만 육로로 수출할 것이 아니라 경제적인 면에서 미국상품을 태평양을 가로질러 부산에 도착하여 시베리아 철도를 이용하면 흑자를 남길 수 있다는 통일 후에도 미국과의 관계를 내다볼 수 있습니다.

그러니 차기대선에서 이길 수 있느냐 그렇지 않느냐를 잘 판단하셔서 인재를 잘 등용하여 다음에서 승리를 하시기 바랍니다.

문재인 대표님, 건투를 빌겠습니다.

* *

자유를 위해서 6 (여섯 번째)

대표님께

안녕하십니까, 대표님!

뜨거웠던 대지를 식혀주는 한차례 소나기가 내리자 어디에선가 시원한 바람 한줄기가 불어와 풍성한 가을을 예고합니다.

과수원의 과일 익어가는 단맛의 향기가 서울도심까지 날아와 기분을 상쾌하게 만듭니다.

'더도 말고 덜도 말고 한가위만 같아라' 라는 말이 있듯이 365이 9월만 같으면 세상은 참으로 살맛나는 세상이 될 것입니다.

가을하늘은 파랗고 높기만 합니다. 그 아래 창공을 나는 새들은 자유를 만끽하는 듯 힘차게 비행을 합니다.

우리나라는 산업화 민주화로 눈부신 발전을 거듭하였지만 잘사는 사람은 너무 잘살고 못사는 사람은 너무 못사는 빈부의 격차가 심하게 벌어지는 사회가 되었습니다.

잘사는 사람 상위 층 10%, 중산층 20%, 서민 40%, 하루 벌어 먹고사는 사람 20%, 국가와 사회의 도움으로 사는 사람 10%라고 합니다.

대기업이 산업화가 진행이 되던 때 '참아 달라. 수출을 많이 해서 경제성장하면 중소기업에 종사하는 사람까지 먹여 살리겠다.'라고 큰소리를 쳤습니다.

우리나라는 외국에서 원자재를 수입해 상품을 만들어 수출해 나온 이익금으로 살아가는 나라입니다.

그렇게 큰 소리쳐 놓고 수출이 잘되는데 원자재 값은 오르고 단가를 다운시켜 회사를 운영할 수 없게 문 닫게 만들고 그것에서 나온 이익금을 연말이면 보너스다 성과금이다 하며 많이 받아갑니다.

여기에서 소득분배가 되지 않고 빈부의 격차가 심하게 벌어지는 원인이 됩니다.

대선 때 박근혜대통령이 '대기업에서 돈을 받아 복지정책을 하겠다'라고 공약을 했습니다.

대기업에서 축척해 놓은 돈이 매우 많은데 왜 대기업에서 받지 못하고 빚을 많이 내서 합니까. 그 빚은 후손이 갚아야 할 몫으로 돌아가니 나라의 미래, 장래 후손들의 미래는 어떻게 해야 합니까. 참으로 암담합니다.

5.18 평화통일문학이 협상타결이 되면 정부가 출판사와 영화 제작사 역할을 해서 국가사업을 성공적으로 해 이익금이 많이 남으면 작가는 3%만 가져가고 모두 세금으로 다 덜어집니다. 아마 천문학적으로 어마어마한 큰돈을 세금으로 내게 됩니다. 너무 불공평합니다.

대기업에 법인세를 많이 올려 사회에 환원이 될 수 있도록 정치를 잘하기를 촉구합니다. 그리고 최저 임금을 50% 올리기를 건의합니다.

인구가 줄어드는 원인은 일자리가 없기 때문에 결혼은 현실이라 가정을 꾸릴 수 없기 때문입니다.

세금을 많이 내는 사람이 바보가 아니라 존경을 많이 받는 사람으로 사회가 만들어야 합니다.

이러한 사회문제를 해결하고 70%까지 국민이 혜택을 볼 수 있게 정치를 잘 할 수 있는 분이 문재인 대표님이라 확신하고 지지하는 바입니다.

감사합니다.

자유를 위해서 7 (일곱 번째)

대표님께

안녕하십니까, 대표님!

지난 시간 나의 미래를 위해 시월이 되면 자신을 돌아보면서 기회를 찾는 연습을 해보곤 합니다.

해마다 이 때가 되면 9월 초에 노벨문학상이 결정되어 보안을 유지하다가 시월 둘째 주 목요일이 되면 발표를 하게 됩니다.

나는 어려서부터 문학으로 일관된 삶속에서 세계에서 가장 권위 있는 상인 노벨문학상을 가슴에 안는 꿈을 꾸게 되었습니다.

2000년 김대중대통령의 노벨평화상 시상식이 저에게는 꿈이 또 희망으로 다가왔습니다. '나는 할 수 있다. 하면 된다'라는 자신감을 갖게 되는 계기가 되었습니다.

젊은 이십대부터 신경성병으로 불리우는 불면증으로 잠이 오지 않는 수많은 밤을 국문과는 나오지 않았으나 독학을 해서 독창적인 창작작품을 쓰는데 노력에 노력을 거듭하였습니다.

고 노무현대통령께서 안타깝게 생각했던 것이 언론에 베스트셀러 5.18문학이 5.16 때문에 나오지 못하게 법으로 막아 놓은 것이었습니다.

채널이 그렇게 많은데 한군데에서라도 5.18문학이 나온다면 대표님께 힘이 될 터인데 지금 박근혜대통령의 영향력으로 박정

희시대 사람들이 높은 자리에 있어서 지금도 막고 있다고 생각합니다. 그래서 이 어려운 시대를 이겨낼 수 있는 한 방법으로 제 20대 국회의원 전국구 비례대표제에 공천을 받아 국회의원이 된 뒤 영화를 찍고 책을 내게 되면 우리국민 모두에게 혜택이 돌아갈 수 있고 대표님이 대선에서 좋은 결과가 나올 수 있다는 판단으로 펜을 들어서 자유롭게 편지를 쓰게 되었습니다. 대표님이 대통령에 당선이 되신다면 다시 건의하겠습니다.

나의 5.18 민주주의 문학평화통일 한류작품이 세계에 베스트셀러로 책과 영화로 팔리게 되고 평화를 위해 일한 사람으로 인정을 받게되면 문재인대통령 당선인이 노벨위원회에 추천하고 우리나라 정치인들과 국민들의 천명 이상 싸인을 받아서 편지와 함께 보내게 되면 노벨문학상 후보자가 되는 것입니다.

고 김대중대통령께서도 여러 번 후보에 올라 2000년 10월에 결정되어 발표한 것입니다.

나도 여러 번 후보에 올라 2030년 1월 1일 통일할 수만 있다면 통일과 더불어 노벨문학상을 가슴에 안을 수 있다면 개인의 영광이요, 나라를 세계에 길이 빛낸 사람으로 기억이 될 것입니다. 나는 꿈과 희망이 현실로 이어질 수 있도록 최선의 노력을 다할 것입니다.

1%의 영감과 99%의 노력을 하고서 하늘의 명을 기다린다는 심정으로 모든 일에 온 힘을 쏟겠다는 각오로 힘들고 어려운 일을 헤쳐 나가도록 하겠습니다.

대단히 감사합니다.

자유를 위해서 8 (여덟 번째)

낙엽이 지는 가을에

대표님, 안녕하십니까?

짙은 녹색으로 우거진 이파리는 채색이 되어 뜨거운 햇볕을 받아 아름다운 형형 색깔로 고운 물이 들었습니다.

울긋불긋 빨강 노랑 색깔도 잠시 갈색으로 변해 낙엽이 되어 하나 둘 떨어지는 계절이 우리 곁에 왔습니다.

봄에 잎이 나서 땡볕이 강한 여름을 나고 가을에 아름답게 물이 들어 때가 되면 낙엽이 되는 자연의 섭리에 새삼 고개가 숙연해집니다. 이 만큼 나이가 들었는데 내 삶에서 하고 싶은 일을 이루었는가. 다시 자신에게 묻고 정상을 향해 처음부터 시작하는 자세로 마음을 다잡습니다.

내가 어렸을 적 문학소녀시절 때는 무엇을 하며 살아야 하나 어떻게 살아야 하나 많은 생각을 했습니다. 지금은 아이들이 대학을 나와 각자 자기 일을 하니 대견하면서 그때의 나 자신을 보는 것 같아 매우 행복합니다.

무엇이 열정적으로 문학을 하게 만들었는가.

거리에는 낙엽이 우수수 떨어져 이리저리 뒹굴면 오고가는 사람들이 밟으며 걸어 다닙니다.

시몬 낙엽 밟는 소리가 들리는가.

바스락 바스락 소리가 나면 언제나 이맘 때 외워보는 싯구입니다.

낙엽이 모두 지고 나뭇가지에 마지막 잎새 마저 떨어지면 아~ 올 한해가 다해가는구나 아쉬움과 마음속에 허전함을 금할 수가 없습니다.

가을에는 잠을 이루지 못하는 불면증을 심하게 앓다가 어느 날 잠이 찾아와 꿈을 꾸는데 불현 듯 비몽사몽 속에서 깨어보니 현실이 눈앞에 있습니다.

정신을 가다듬고 가족을 위해 시장에 가는데 동사무실 앞마당에서 미화원아저씨들이 모아놓은 낙엽을 태웁니다. 낙엽을 태우는 모습을 지켜보다가 활활 타오르는 불속에 나의 꿈도 던져 태웁니다. 일어나는 저 불꽃처럼 우리국민들의 살림살이도 저렇게 일어나서 윤택해지기를 기원해 봅니다.

나는 낙엽의 향기를 맡으며 달달한 자판기 커피 한잔을 음미하면서 마셔봅니다.

대표님

늦가을의 만추를 보내면서 나의 감상을 적어봅니다.

감사합니다.

자유를 위해서 9 (아홉 번째)

대표님께

안녕하십니까, 대표님.

잿빛 하늘에 을씨년스런 날씨는 눈이 올 것만 같은 착각이 듭니다.

가로수 나무들은 짙은 고동색으로 겨울옷을 입고 추운겨울을 나기 위해 준비를 합니다.

앙상한 가지는 바람에 이리저리 흔들려 윙윙 소리가 맴을 돕니다.

우리 서민들이 가장 힘이 든 겨울이 왔습니다.

시장에 가면 높은 물가고로 몇 가지 물건을 사지 못해 장바구니가 너무 가볍습니다.

문득 우리나라가 출산율이 떨어지고 인구가 줄어드는 원인을 생각해 보았습니다.

남자와 여자가 만나 결혼하여 가정을 꾸릴 때 또 아이가 생기게 되면 육아비, 교육비, 생활비, 주거비 등 적지않게 들어가는 돈이 많습니다.

그런데 우리나라의 현재실정은 대학을 나와도 변변한 일자리가 없습니다.

결혼적령기를 훌쩍 넘기는 청년들이 많습니다.

늦게라도 결혼할 수 있으면 다행이나 하지 못하는 사람들이 너무 많아 사회문제로 대두대고 있는 상황입니다.

결론은 일자리가 늘어나면 인구가 늘어난다는 판단인데 우리 경제에서 일자리를 많이 만들 수 있는 실정이 매우 어렵습니다.

그러면 어떠한 복지정책을 써야 되나하고 생각해 보았습니다. 선진국이 되려면 요람에서 무덤까지 즉, 태어나서 놀이방 유치원, 초등학교, 중고등학교까지 무료로 교육받고 실업자에게도 최저생활비가 지급되어야 하고 보건복지와 노후 또 죽을 때까지 연금이 지급되는 나라가 살기 좋은 나라가 되지 않겠습니까.

문제인 대표님께서 지갑을 두툼하게 만들겠다고 하셨는데 팬으로서 세계에다 팔 수 있는 나의 5.18 민주주의 평화통일문학작품의 판권으로 그렇게 할 수 있으면 좋겠다하고 다시 한 번 생각해 보았습니다.

그렇지만 한 사람이 할 수 있는 데는 한계가 있습니다.

대기업에서 법인세를 국민이 납득할 수 있을 만큼 많이 올려 받아서 할 수 있는 일이라고 대표님께 호소하는 바입니다.

벌써 연말이 되어 갑니다.

즐거운 크리스마스와 다사다난했던 한해를 보내기 위해서 그동안 있었던 일들을 정리하는 시간을 가져봅니다.

그럼 대표님의 건강과 행운을 빌며 이만 줄입니다.

대단히 감사합니다.

13. 나누다

자유를 위해서 10 (열 번 째)

대망의 새해를 맞이해서

따뜻한 가정에서 세상을 내다보니 대망의 새해가 밝아왔습니다.

올해에는 국회의원 총선이 있는 중요한 해입니다.

먼저 한국당에 무안한 발전과 영광이 깃들기를 소원해봅니다.

그리고 대표님이 4월 총선에서 승리하시고 정권교체 할 수 있는 발판을 구축하셔서 대선에서도 승리하는 행운이 따라오기를 기도해 봅니다.

대망의 새해를 맞이해서 통일에 대한 꿈과 희망을 심고 다시 생각해 봅니다.

나는 글을 쓰면서 '세계 속의 대한민국'이라는 긍지를 가지고 국민의 한사람으로써 나라발전에 기여하도록 힘쓰겠다는 다짐도 새롭게 해봅니다.

헌데 통일은 왜 해야 하는가.

누구나 한번쯤 생각해볼 문제입니다.

통일은 대박이라고 외쳤는데도 알지 못하는 사람은 통일비용이 많이 들기 때문에 우리 남한이 세금을 많이 내야 하니까 통일은 하지 않았으면 좋겠다하는 사람이 있습니다.

그러면 분단비용은 생각해 보았습니까.

우리나라가 70년 동안 분단해 있으면서 언제 일어날지 모르는 전쟁에 대비해서 군사에 필요한 무기며 첨단장비에 들어가는 돈은 일 년에 약 35조에 이릅니다.

통일이 되면 약 3분의 1로 줄여도 된다고 합니다.

통일비용은 약 100조씩 이 비용은 일시적으로 들어가지만 분단비용은 남북한이 대치하는 한 매년 들어가는 돈입니다.

분단이 길면 길수록 우리나라가 선진복지국가로 가는 길은 더 더집니다.

우리가 잘 사는 길은 통일을 하는 길이라고 강조하는 바입니다.

그런데 통일은 어떻게 해야 하는가.

이것은 전후세대에 태어난 우리세대들이 꼭 풀어야 할 숙제입니다.

나는 통일을 위해서 무엇을 할 것인가.

젊은 이십대에 문학을 할 것인가. 계속 공무원으로 일할 것인

가. 날 밤새면서 고민을 많이 하고 생각에 생각을 거듭하였습니다. 결정적인 계기가 된 것은 1989년 12월 31일 12시 자정을 기해서 베를린 장벽이 무너진 것을 보고 나는 흥분을 했습니다.

가정을 위해서, 이웃을 위해서, 사회를 위해서, 국가를 위해서, 세계평화를 위해서 내가 할 수 있는 일은 문학을 하는 것이다 하고 결혼과 동시에 서울에 살면서 글쓰기를 시작했던 것입니다.

그런데 전두환씨 닮았다고 텔레비전에 못나오게 막아버린 불행한 일생을 마쳐버린 어느 텔런트처럼 5.16 때문에 명예훼손 한다는 이유로 텔레비전에 못나오게 언론의 자유를 막아버린 한명의 작가가 나입니다.

대통령에 당선이 되신다면 청와대에 입성하신 뒤 초청해 주시면 대단히 감사하겠습니다.

우리 모두 통일을 위해서 각자 자기가 맡은 일에 충실히 하면 어느 때인가 잠에서 깨어나면 철조망이 부서지고 남북이 서로 오고갈 수 있는 통일의 시대가 웅장하게 올 것이라고 확실히 믿는 바입니다.

마지막으로 대표님 몸 건강하시고 새해 복 많이 받으시길 바랍니다.

그럼 소원하시는 모든 것이 이루어지고 꼭 대선에서 승리하시길 두 손 모아 기도합니다.

대단히 감사합니다.

레임덕 현상

칼날 같은 추위 속에도 때가 되면 봄이 온다고 소식을 알리는 절기중의 하나인 입춘이 왔다.

그 동안 민주화를 이루기까지 상처받은 영혼의 치유를 위해서 긴 편지를 마무리하고 나니 추위를 이기고 파릇한 싹이 땅속에서 나온 것처럼 꿈과 희망이 현실로 이루어진 것 같아 느낌이 새롭게 다가온다.

밖은 세찬바람이 분다. 따뜻한 거실에서 세상을 바라보니 모두가 나를 응원하고 내가 하고 있는 일에 우레와 같은 뜨거운 박수를 보내주어 힘을 다시 얻었다.

딸들은 대학을 나와 자기가 좋아하는 일을 찾아서 열심히 하고 있어 사랑스럽고 대견한 마음이 들어 뿌듯하다.

금요일 밤 퇴근을 해 가족이 식탁에 모였다.

"아직 바람 끝이 차가운데 날씨가 많이 풀렸다. 너희들이 하고 있는 일은 잘 돌아가니."

"예, 아빠. 손님들이 외국 분들이라 잘 사가요."

"우리 병원에도 그런대로 손님들이 많이 와요."

"애들아, 대학로에 음악을 위주로 하고 연극으로 구성된 뮤지컬 보러가자."

"그래, 엄마. 내일 가요."

"언니, 퇴근시간 맞추어 나가요. 내일은 토요일이니까."

"자, 많이 먹어라."

엄마인 나는 생선을 발라서 접시에 놓고 이런저런 이야기가 오고가며 내일 가족이 외출하여 문화를 즐기는 자유가 좋아서 신바람이 나 있었다.

큰 아이는 간호사 선생님 작은 아이는 인천국제공항 면세점 직원이다. 영어는 기본으로 소통을 잘하는 실력을 쌓았고 면세점에서 3개국어(영어, 일어, 중국)를 해야 면세품을 팔 수가 있다. 둘 다 전문직이라 취직걱정은 하지 않았다.

식탁에서 하루에 있었던 이야기를 나누며 밤이 이슥하도록 놀았다.

다음날 밝은 해가 떴다.

큰 아이는 아침에 일어나 구워준 토스트와 커피 한잔을 마시고 오전 근무하기 때문에 출근을 했다.

우리는 시간에 맞추어 일어났다. 구워놓은 빵, 계란을 쪄서 커피와 함께 마시고 난 뒤 머리를 감는 등 화장도 하고 가벼운 옷을 골라서 여러 번 입어 보았다.

넷이서 모두 만나 전철 2호선으로 갈아타고 홍대입구에서 내렸다. 아이들은 짝 찢어진 청바지를 입고 아빠는 넥타이에 양복 차림 나는 베이지색 바바리를 입고서 거리를 다닌다.

마침 서양요리를 잘 하는 집에 들어갔다. 분위기 좋은 자리에 앉아서 메뉴를 보고 음식을 시켰다. 와인에 스테이크 파스타가 와서 포크와 칼로 썰어서 서로 대화를 하며 와인 한모금과 스테이크로 즐겼다.

점심을 먹은 후 걷다가 조그마한 소극장으로 들어가 앉았다. 관객으로 무대에서 배우들을 직접보고 같이 호흡하기 위해서이다. 이윽고 시간이 되자 뮤지컬이 시작되었다.

한순간도 놓칠 수없는 흥미로운 장면들이 노래와 연기로 잘 표현이 되었다.

봄이 오는 길목에서 좋은 시간을 좋아하는 가족과 함께 하니 너무 행복했다.

이제는 남자친구들을 사귈 때이니 사랑하는 사람을 찾기 바라는 마음에서 연습하는 좋은 모습도 함께 해서 고맙구나.

그리고 며칠이 지나자 봄을 재촉하는 봄비가 소리 없이 내린다. 나뭇가지에는 새싹이 움트기 위해 물이 오른다.

언제나 맞이하는 봄이지만 유난히 신선하고 새롭게 느껴지는 것은 이 나이에도 변신을 하고 싶은 여자의 마음이다.

오! 새롭게 하소서, 하느님. 햇살이 눈부신 찬란한 봄이 기대가 되는데 내 가슴에도 구름 걷힌 자유가 찾아올 것이라는 예감에 설레이게 한다.

봄바람이 살랑살랑 부는 것처럼 선거철의 새로운 바람이 불어온다. 작년 이맘 때 국회의원 사무실을 찾고 대표님께 긴 편지를 써서 보낸 뒤 더불어 민주당 전국 비례대표제 국회의원공천을 받기위해 다시 방문한 것이다.

그동안 우여곡절이 많았지만 원래 대표님이 처음에 나올 때부터 영원한 팬이 되었던 것이다.

안내실에서 주민등록증을 내고서 안내표를 받고 들어가도 된다는 신호가 있으면 사무실로 올라갈 수 있다.

문 앞에서 노크를 하고 사무실 안으로 들어갔다.

"안녕하십니까. 5.18민주주의 평화통일 한류작가입니다. 만나 뵈어서 반갑습니다."

"예, 대표님께서는 회의하러 가셨습니다. 자리에 앉아 기다리십시오."

남자분의 비서가 앉기를 권했다.

"여기 차 두 잔 가져와요."

아가씨가 녹차를 내왔다. 긴장이 풀려 내가 먼저 말을 했다.

"지난번 한국당 사무실 엘리베이터 문 앞에서 조국씨랑 김상곤 혁신위원장 일행을 만났어요. 공천 심사하는데 여성, 신인, 젊은 사람들은 가산점수가 25%가 붙는다고 하시던데요. 공천해달라고 직접 건의를 했습니다. 또 대표님께도 공천을 직접 건의 하려고 왔습니다. 잘 부탁드립니다."

"예, 대표님께 말씀 잘 드리겠습니다."

"열 통의 편지를 써서 보냈습니다."

"잘 받아서 대표님께 전달 했습니다."

"대표님께서 대선에서 좋은 결과가 나올 수 있게 도울 수 있는 방법은 이 길이라고 생각했습니다."

문재인 대표님께서 스케줄이 있어 여유시간 잠시 사무실에 오셔서 만날 수 있었다.

"안녕하십니까. 대표님. 대선 때 만나뵈었습니다."

"그래요. 기억이 납니다. 잘 오셨습니다. 좋은 인재라고 생각하고 있었습니다. 편지 잘 받았습니다."

"고 노무현대통령께서 시작하셨던 FTA 한류분야 일부분 마무리 해주시기를 건의합니다."

"긍정적으로 생각하고 있으니까 때가 오면 기회가 생기겠지요."

"또 제20대 전국비례대표제 국회의원 공천을 해 주시기 바랍니다."

"그래요."

나는 마음에 담아두었던 이야기를 시원하게 하고서 국회를 나와 버스를 타고 집으로 돌아왔다.

그 후 증명사진을 찍어두고 있는데 언론에 국회의원 후보자 등록하라는 보도가 나왔다.

나는 처음이라 대표님실 비서관 말을 듣고 인터넷으로 입당접수를 하고 선거관리위원회 사무실에 나와 원서를 직접 내고 등록하였다.

나는 드디어 2016년 4월 13일 국회의원 선거가 치루어져 그렇게 꿈에 그리던 국회에 입성하게 되었다.

벚꽃이 활짝 핀 윤중로를 걸어 다녔다.

여의도공원을 한 바퀴 돌아보았다.

나의 진정한 꿈은 노벨문학상을 타서 세계의 학생들 초등학교, 중고교, 대학생들을 민주화 통일 교육하는데 자료로 쓰이는 스터디셀러를 만드는 것이고 내가 죽은 후에도 공부할 수 있게 찾아서 사 볼 수 있게 좋은 작품을 집필하는 것이다.

국회의 임기가 시작되기 전 해보고 싶은 파티계획을 세워 실천에 옮기고 있다.

온 세상은 꽃이 만발하게 피어나 꽃향기가 진동을 하였다. 나는 오랫동안 인고의 세월을 보내고 56세라는 나이로 국회의원에 당선된 후 유명한 한류작가로 거듭 태어나게 되었다.

경제적인 발전 위에 민주화의 꽃이 만발하게 피어난 화창한 봄날이 우리 모두에게 찾아왔다.

「우리 마음속에 핀 진달래 철죽꽃」 소설도 영화로 찍기로 계약을 하고 그동안 써놓은 세 권의 소설이 책으로 나오기로 계약을 해 경제적으로 많은 돈을 벌게 되어 참으로 기뻤다. 모두가 좋아서 축하를 해주었다.

기쁨은 나눌수록 배가 되고 슬픔은 나눌수록 절반으로 줄어든다는 말이 있듯이 우리 모두의 기쁨은 몇 백 배 몇 천 배 하늘만큼 땅만큼 크게 다가왔다. 우리가족도 서울에 모여 단란하게 살 수 있어서 좋았다.

꽃피는 봄날, 가족들 형제 친척 은인 지인들 이웃들 아빠친구들 모두 초대해서 독해기념회를 열자고 의견을 모았다. 큰 웨딩홀을 잡고 초대장에 좋은 글을 박아 정중하게 초대를 했다.

드디어 4월 어느 날 많은 사람들이 와 자리를 빛내 주었다. '한류작가 김영인 독해기념회'란 현수막이 걸려있고 한쪽에는 맛있는 음식이 마련되어 뷔페식으로 먹고 싶은 만큼 골라서 먹을 수 있게 해 놓았다.

덥지도 않고 춥지도 않은 좋은 날씨도 축하해 주는 듯 모든 사람들의 얼굴에는 웃음꽃이 피어났다.

문재인 대표님, 국회의원 여러분, 나를 도아주신 분들이 앞자리에 앉아 있었다.

"여러분, 안녕하십니까. 많은 분들이 오셔서 이 자리를 빛내주셔서 감사합니다. 작가 김영인씨는 어려서부터 문학의 길을 걸었는데 이제야 꿈을 이루게 되었습니다. 동생으로 옆에서 보아왔는데 정말 피나는 노력을 한 결과 지금에 이른 것입니다. 문학에 대한 열정과 99%의 노력에 많은 박수를 보내주시면 감사하겠습니다. 다음은 한국당 대표님께서 축사를 해주시겠습니다. 뜨거운 박수로 맞이하겠습니다."

"오늘 김영인씨의 기쁨은 온 국민의 기쁨입니다. 김영인씨의 건의를 받아서 한미 FTA 한류분야의 이행완료를 위해서 협조하겠습니다. 그렇게해서 국가정책사업을 성공적으로 이끌어서 선진국 복지사회 요람에서 무덤까지 국가가 책임지겠습니다. 김영인 작가가 쓴 작품의 판권으로 국민들의 지갑을 두툼하게 만들겠습니다. 많은 관심과 성원을 보내주시고 뜨거운 박수를 보내주십시오. 반드시 정권교체 이루어내서 국민들의 사랑에 꼭 보답해드리겠습니다. 감사합니다."

우레와 같은 박수소리가 울러퍼졌다.

"다음은 세향출판사 사장님이자 문인협회 임원이신 이재만씨의 축사가 있고 김영인씨가 한 말씀하겠습니다."

"독학을 해서 크게 성공한 작가는 김영인씨 밖에 없습니다. 세계시장에 내놓아도 손색이 없는 작품은 노벨문학상 후보로 추천해 주셔도 실력이 아주 뛰어납니다. 언론의 자유가 풀릴 때까지 아주 고생을 많이 하신 분입니다. 앞으로 나오십시오."

많은 사람들의 박수를 받고 마이크 앞에 섰다.

"오랜 시간 무명의 설움을 받고 여러분의 사랑으로 유명한 작가로 다시 태어난 기분은 가슴 벅찬 감동 그 자체입니다. 참으로 하느님께 감사드리고 여러분 또한 감사합니다. 한 권의 시나리오와 책 여섯 권을 냈었고 소설 세 권이 나와 어느 정도 독해가 진행되면 영화를 찍어 여러분의 사랑에 보답하겠습니다. 오늘은 마음껏 드시고 즐기십시오. 이 순간이 오기까지 많은 고통을 받았지만 봄눈이 녹듯, 고생은 많이 했지만 보람이 많아서 행복으로 충만합니다. 여러분, 대단히 감사합니다."

젊은 십대에 받은 상처가 아물고 새살이 돋아나듯 긴 세월에 함께 해준 독자 분들에게 받은 사랑을 '선진국 복지사회 건설로 환원해 드리겠습니다.' 이 약속을 꼭 지키겠다는 생각을 했다.

봄날의 찬란한 햇살과 찬란하게 피어나는 꽃들의 입맞춤. 이파리에 맺힌 영롱한 이슬처럼 반짝반짝 빛이 난다.

이제 이야기를 마칠 시간이 다가온 것 같다.

민주화가 이루어 질 때까지 많은 진통, 부작용이 따라왔지만 해피엔딩으로 마무리 할 수 있어서 참으로 다행이다.

민주화의 치유 김영임 소설집

초판인쇄 2017년 02월 24일 **초판발행** 2017년 03월 01일

지은이 **김영임**
펴낸이 **이혜숙** 펴낸곳 **신세림출판사**
등록일 **1991년 12월 24일 제2-1298호**

04559 서울특별시 중구 창경궁로 6, 702호(충무로5가, 부성빌딩)
전화 **02-2264-1972** 팩스 **02-2264-1973**
E-mail : shinselim72@hanmail.net

정가 **15,000원**

ISBN **978-89-5800-181-2, 03810**